TAKE
SHOBO

冷酷王は引き籠り王妃に愛を乞う
失くした心が蘇る恋の秘薬

月乃ひかり

Illustration
石田惠美

JN047975

MOON DROPS

冷酷王は引き籠り王妃に愛を乞う
失くした心が蘇る恋の秘薬

Contents

イラスト／石田惠美

冷酷王は引き籠り王妃に愛を乞う

失くした心が蘇る恋の秘薬

MOON DROPS

第一章　ためらいの初夜

夜の刻を告げる鐘の音がゴーォンと厳かに鳴り響いた。

初夜を迎えるため、夫となったレイナルドの訪れを待っていたフェリシアは、思わずふるりと身を震わせた。

静寂を破るような鐘の音に驚いたのもあるが、もの慣れぬ北国の寒さのせいもあるだろう。

ここローデンヴェイク王国の城は、堅牢な石造りになっている。フェリシアの母国、南方にあるエーデルシュタインの白亜の宮殿とは対照的でなんだか底冷えがする。

だが、ローデンヴェイクの王であるレイナルドの寝室は、特別に改装されたのだと女官が教えてくれた。男性的な趣の寝室を、フェリシアの輿入れに合わせて温かみのある色味に模様替えをしたそうだ。

中でも特に目を引くのは、大きな窓を覆うオービュッソン織りのタペストリーだろう。

北方に位置するローデンヴェイクでは、寒さを防ぐために窓の内側には厚手のタペストリーが掛けられている。その柄はどう見てもこの部屋の主《あるじ》、レイナルドには似つかわしくないものだ。

百色はくだらない色とりどりの糸を使い、花々が咲き乱れている様子が微に入り細にわたって織り込まれている。とても華やかなものだ。

この花模様は「千の花」とも言われ、ローデンヴェイクの貴族女性にとても人気があるという。

フェリシアが見ても、多くの職人の手がかかり贅《ぜい》が尽くされた代物だと分かる。

『王妃様がお輿入れになるにあたって、レイナルド様自らお手に取って吟味されておりましたのよ』

つい先刻も女官がそう教えてくれたが、フェリシアは内心それは怪しいものだと訝《いぶか》った。

もともとレイナルドの元に嫁ぐのは、フェリシアの姉、カトリーナのはずだったからだ。

もし彼が王妃のために自ら選んだのだとしたら、それはフェリシアの姉、カトリーナを思い描いての事だろう。

そう思って、少しだけ高揚していた気持ちが急に沈んでしまう。

初夜なのに、なんだか幸先が悪い気がしてフェリシアは溜息《ためいき》をついた。

『まぁ、フェリシアったら。初夜から溜息なんてつくと幸せが逃げるわよ』

優しい姉の声がここにまで聞こえてきそうだ。

そもそもこの結婚は国どうしの取り決めで、フェリシアは姉の代わりとして輿入れすることになったのだ。

フェリシアの母国であるエーデルシュタインは、国土の南側に海があり、海産物や南国の果物が豊富な国である。その代わり、土壌に塩分を含むため穀類は育ちにくかった。

一方、レイナルドの国、ローデンヴェイクは北方に位置しているが、穀物の生産や畜産が盛んに行われている豊かな土地柄だ。お互いに足りない資源を補うため、両国の中心を流れる大河を利用しての交易が活発に行われていた。

二つの国がさらに絆を強固にしようと、王族同士で姻戚関係を結ぶのは、至極当然なことである。特にローデンヴェイクは軍事にも秀でた大国だ。

この大陸に数ある国々の中でも、かの国は神々の祝福を得ていると言われ、数千年前から脈々と続く由緒正しい王家でもある。たった数百年ほどの振興の国には比ぶべくもない長い歴史に培われ、民たちはもとより他国からの信頼も厚い。

フェリシアの国エーデルシュタインは、周りを大国に取り巻かれていた。特に海産資源が豊富で気候も温暖なことからいつ何時、他国に狙われてもおかしくはない。そのため、なんとしてもローデンヴェイク王家と婚姻による絆を深めたいという思惑があった。

フェリシアの父王は、エーデルシュタインに王女が生まれると同時に、ローデンヴェイクの世継ぎの王子であるレイナルドの許嫁となるよう国同士の密約を結んだのだ。

そうして満を持して生まれたのが、第一王女でありフェリシアの姉カトリーナだ。彼女が生まれ落ちた瞬間に、レイナルドの妃になることが運命づけられた。

適齢期になれば、レイナルドの妃として輿入れするはず……だったのだが、思いもかけない誤算が生じてしまう。

なんと、カトリーナが喘息持ちだったことが発覚した。

カラリとした気候のエーデルシュタインでは、殆《ほとん》ど咳が出ることはない。だが、冬には大地が凍てつき深々と雪が降り積もるローデンヴェイクでは、酷い喘息の発作を発症してしまう。

最初にそれに気づいたのは、カトリーナが十五歳になった時のことだ。

奇しくも将来の妃となることを見据えてローデンヴェイクに滞在したことがきっかけとなり、その病が明らかとなった。

加えてその季節も悪かった。

雪が見たいというカトリーナのために、冬に滞在することになったのだが、なんとローデンヴェイクに来てすぐに、呼吸困難に陥るほどの発作に見舞われた。

その時は運よく薬も効いて事なきを得たものの、カトリーナにとってはローデンヴェイクに移り住むことが命に関わることになってしまう。

当時、姉と一緒に滞在していたフェリシアには何の症状も現れなかった。

だからといって、すぐにカトリーナの婚約が解消されなかったのは、きっとレイナルドがカトリーナを好いており、諦めきれなかったのではないか、とフェリシアは考えていた。

だが、ちょうど二年ほど前のこと。

エーデルシュタインを揺るがす大事件が起こった。

フェリシアの母国が海賊からの侵略を受けたのだ。一時は、フェリシアたちも避難するほどの危機的な状況になったのだが、レイナルドが自ら軍を率いて救援に入り、侵略者たちをあっという間に一網打尽にした。大国の圧倒的な強さに太刀打ちできるはずもなく、レイナルドは侵略を企てた海賊を捕え、その一味をことごとく粛正した。

同盟国への侵略は許さないというレイナルドの確固たる意志の表れだった。

それまで聡明で温厚な王子として知れ渡っていたレイナルドは、その時から冷酷王と渾名され、ほかの国々からも怖れられるようになる。

事後処理が落ち着くと、二つの国の絆を国内外に示すため、いよいよ両国の結婚話が進められた。

だが、カトリーナは喘息もち。

レイナルドとフェリシアの父で、直々に婚姻について交渉されたと聞いている。

——そう、レイナルドに嫁ぐ王女をカトリーナにするか、自分にするかを話し合うためだ。

結局、カトリーナを溺愛している父が彼女の体を心配し、花嫁が第二王女である自分に変更になった。

複雑な想いは抱えていたものの、その決定を父から聞いたとき、フェリシアは躍り出しそうになった。

姉のカトリーナはフェリシアに申し訳ないと思いつつも、ほっとしたようだった。ローデンヴェイクで呼吸困難に陥いり生死の境を彷徨ったことで、花嫁としてかの国に嫁ぐことを怖れるようになっていた。逆にフェリシアは、無邪気にも有頂天になった。

幼い頃からレイナルドは、ずっと憧れの人だったからだ。

婚約者である姉には紳士的な態度を崩さなかったレイナルドだが、年が離れているせいか、フェリシアにはいつも砕けた態度で接し、よく冗談などを言って揶揄《からか》われていたものだ。

まるで本当の妹のように親しくしてくれてはいたが、時折、姉と二人きりで話をしているレイナルドを見ては、心臓がぎゅっと締め付けられていた。

彼の隣に立つ資格のある姉を、心の底では羨ましくてしかたがなかった。

でも、どんなに好きになっても結ばれることはない。

彼への恋心を隠すため、フェリシアはわざとレイナルドを好ましくないと思っている風を装った。

彼が何か冗談を言って真面目なカトリーナを笑わそうとすれば、面白くないと文句を言った。自分ならもっとましな冗談を言うと減らず口まで叩いたり、舞踏会で姉の次にダンスに誘われたときも、あえてダンスカードを一杯に埋めてそっけなく断った。

あまつさえこれ見よがしに、若い貴族の子弟らとの話に興じているフリをして、レイナルドに気がないように振舞った。

自分の心をひた隠し、意地を張っていた。

そのせいか本人や周囲にはレイナルドを嫌っていると思われていたようだ。

だが内心は、レイナルドと一分一秒でも一緒にいたかったし、彼と踊りたくてしようがなかった。

しかし、どう横恋慕しても彼に嫁ぐのは第一王女である姉だ。

――彼を好きになれば、傷つくのは自分。

そう分かっていたから、ずっと自分の心に嘘をついて距離を置いてきたというのに。

報われない想いを封印するために、彼に反抗したり避けたりしていたのだが、まさか今宵、初夜に彼の寝台で自分がレイナルドを待つ日が来ようとは。

フェリシアは、またぶるっと身震いした。

目の前では暖炉の焔《ほのお》が勢いよく燃えて暖かいのに、なぜだか体の芯が冷えている。

それもそのはずだ。

今のフェリシアは素肌に薄手のローブ一枚だけを身に纏《まと》い、大きな寝台に腰を掛けてレイナルドの訪れをひとり待っている。

なぜ薄いローブ一枚だけなのかは言わずもがなだ。

祝宴の後、フェリシアだけがそっと宴を退席させられた。女官らに湯あみに連れて行かれ香油を体の隅々まで塗りたくられた。

フェリシアのお気に入りの香りであり、嫁入り道具のひとつとして持参したジャスミンの香油だ。母国の特産品でもある。

その香りも南国の風にそよげば爽やかに感じるが、ここ北方のローデンヴェイクにあっては、なんとなくちぐはぐに感じてしまう。

——なんだか私もこの香りと同じね。

姉の代わりにここにいる自分が、なんだか異質なもののように感じていた。

本来、この寝室にいる権利があったのは姉のカトリーナのはずだったのに。

レイナルドは姉を好いていたけれども、国のためにしようがなく第二王女の自分を受け入れたのだ。

そう考えると、まるで自分に価値がないように感じてしまう。

ずっと好きだったレイナルドと婚儀を挙げたというのに、彼の気持ちを考えると純粋に幸せを噛みしめることができずにいた。

暖炉は相変わらずぱちぱちと音を立てながら、炎を揺らめかせている。大広間から遠く離れたレイナルドの寝室には、宴の喧騒は全く聞こえてこない。

こんなにも心細く感じるなんて、まるでひとりぼっちで取り残された子供みたい。

暖炉の上の置時計を見ると、もうすぐ十一の刻になろうとしていた。

かれこれ小一時間以上もここでこうしている。

レイナルドは、いったいいつ頃この寝室にやってくるのだろう。

——やっぱり、花嫁になったのが自分だからこんなにも遅いのだろうか？

ここにいるのが姉だったら、レイナルドもとっくに寝室に下がっていたのではないの？

諸侯らの前で愛嬌を振りまき気丈に振舞っていたフェリシアだが、一人で取り残されるとつい気弱になってしまう。

婚儀の長い一日が終わり、あたりはすっかり夜の帳に覆われている。

いよいよその時が来るのだと緊張しながら彼の訪れを待つのは、神経がすり減りそうだ。

レイナルドの広くてふかふかの寝台も、初夜を意識させる道具としては効果絶大だ。

もちろん初夜に何をするか閨教育は学んだものの、いざ、これからその時を迎えるとなると、じっとりと手のひらが湿り気を帯び、緊張も高まってくる。

小さな頃から互いを知っているとはいえ、こんなに親密な時は過ごしたことはない。せいぜいが昼間に二人で庭を散歩した程度だ。もちろん、後ろに侍女や騎士を従えて。

いつもレイナルドと話す時は、たいていその傍らに誰かがいた。

これからずっと夜はレイナルドと二人きりで同衾《どうきん》するのだと思うと、どう振舞っていいものか困惑してしまう。

母国での閨教育では、女性はその体で殿方を満足させるのだと聞かされていた。でも、華奢《きゃしゃ》で繊細な白金《プラチナ》細工のような美しさを放っている姉と比べ、背も高く、お世辞にもたおやかといえない健康的な自分を果たしてレイナルドが気に入ってくれるのだろうか。

それでも、彼にも私にも選択肢はない。

レイナルドには自分《フェリシア》で我慢してもらうしかないのだ。

ふぅっと肩を落として今宵、何度目かのため息を零したとき、予告なく寝室の扉が開いた。

心構えができていなかったフェリシアは、ポカンとした顔でレイナルドを凝視する。

「どうした？　今日はいつもの威勢がないな」

昔から変わらない、揶揄うような笑みを浮かべてレイナルドが扉から近づいてきた。

別室で湯あみをしたのか、ローデンヴェイク王家特有の艶やかな金髪は、しっとりした雨のような空気を滲《にじ》ませている。

いつもは怜悧《れいり》な瞳が、今夜はなぜか愉快そうに揺れていた。

夜のせいかその瞳がまるで底なしのように深く感じてしまう。

ひとたび引き込まれたら、二度と浮上出来ないような。

恐ろしくもあるが、その色は濃い藍《あい》色を一滴、垂らしたような蠱惑《こわく》的な色合いだった。

だがフェリシアを一番惑わせたのは、その体躯から漏れ出してくるえもいわれぬ色気だろう。

白貂《しろてん》の毛皮に縁どられた暖かそうなローブを身に纏ってはいるが、いつもの正装からはほど遠い。

あちこちから、これまで目にしたことのない素のレイナルドが顔を覗かせている。

――神様はひどい。こんなに魅力的でなければ、私はレイナルドを好きになることもなく、ただ王族の務めとして淡々と初夜を迎えられたはずなのに。

男らしい喉ぼとけや胸元から覗く逞《たくま》しく張りのある素肌に、急になにかが喉に詰まった気がして息が苦しい。

フェリシアはなにも言い返すことができず、思わず目を泳がせて俯《うつむ》いてしまう。

いざ目の当たりにすると、彼の男らしい魅力は計り知れなかった。

「なんだ？　フェリシア、遅くなったからむくれているのか？」

側にあった椅子にどさりと腰を下ろし、ゆったりと脚を組んだレイナルドは大人の余裕を醸し出している。

それに比べてフェリシアの緊張は最高潮に達していた。機智に長けていると自負する自分なら、上手く切り返しができるはずなのに、喉が張り付いてしまったようでものが言えない。

まるで自分らしくなくて、唇をきゅっと小さく噛んだ。

「べ、べつにレイナルドが遅いからといって私に怒る理由がないもの」

それでもなんとか威勢を保った返事が出来たものの、いつものようにうっかり気安く呼び捨てにしてしまって、慌てて手で唇を塞いだ。

嫁ぐ前に父から散々念押しされていたのだ。

もう小国の気ままな王女のように振る舞ってはいけないと。レイナルドのことは夫であっても『陛下』と呼んでいついかなる時も敬うように、決して短気を起こすなと厳命されたのに。

私とレイナルドは、これまでのような気安い幼馴染の関係じゃない。彼は自分の夫であり、主君なのだ。この国の王に向かって呼び捨ては頂けない。

「あの、ごめんなさい。レイナルド陛下……」

消え入りそうな声で言うとレイナルドが柔らかく目を細めた。

「いい、気にするな。今までのように二人の時は呼び捨てで構わない」

「でも、私は妃とはいえ臣下だし、そんな風に気安く呼べないわ。お父様にも絶対に名前で呼ぶなと言われているし」

するとレイナルドが挑発的に瞳を揺らした。

「いまさら気取ってどうする。昔は鼻水を垂らして呼び捨てにしながら、しつこく後を追いかけてきたじゃないか」

ぐぅとフェリシアの喉がヘンな音を立てた。

小さい頃から自分が犯した数々の失態を思い出し、ここを逃げ出したくなる。

「レイナルドの意地悪……！」

ついうっかり、いつものように言い返してしまったのは、レイナルドがそう仕向けたからだろうか。彼の瞳に満足そうな色が灯る。

「そうか？　これでもフェリシアには昔から特に優しく接しているつもりだが？」

「うそ！　レイナルドは私よりもいつもお姉さまに優しいじゃない」

——そう。

フェリシアは知っている。

レイナルドがいつも姉を慈愛のこもった特別な眼差しで見つめていたことを。

だがフェリシアは、姉を引き合いに出してしまったことを酷く後悔した。

今宵は二人の初夜だというのに、なぜ姉の名前を出してしまったのだろう。

きっと自分が受け取るべき最高の贈り物を、まがい物に掏《す》り替えられた気分のはずだ。

それなのに、余計に未練を誘うようなことを言ってしまった。

――レイナルドは手に入れられなかった姉のことを、これからもずっと心の内に秘めて思い描くのだろうか。

そう思っただけで涙が出そうになり、ことさら唇を強く噛みしめた。

「カトリーナか……。カトリーナはフェリシアのように威勢よく言い返しては来ないからな。だがまぁ、子猫は大人しいよりもイタズラの方が可愛いだろう。違うか？」

レイナルドの瞳の色が急に濃くなった気がした。

なんだか艶めいて見えるのは、彼がいつもと違うローブ姿だから？

女性なら誰しもその足元にひれ伏したくなるような、妖艶な威厳を湛えている。

「私とて、小さな爪を向ける子猫を甘やかすこともできるのだぞ？」

レイナルドは含み笑いながら、テーブルの上に置かれている琥珀《こはく》色の酒をグラスに注いだ。とくとく、と小気味いい音が響く。

「こ、言葉でだけ甘やかされたって、それはレイナルドの本心じゃないもの」

「ならば、言葉ではないもので甘やかせばいいのだな？」

いつもの揶揄うような声音と違い、濃密で蠱惑的に響いた言葉になぜかどきっとした。

レイナルドの言っている意味が分からない。

言葉ではないもので甘やかすって、例えば頭を撫《な》でたりすること？

それはそれで、子供扱いとなんら変わらないではないか。

どう頑張っても、自分はレイナルドにとってただの子供のように見えてしまうの？

考え込んでいるフェリシアの目の前に、いつの間にかレイナルドがやってきた。見上げると彼は琥珀色の酒の入ったグラスを差し出した。

「飲むといい。温まる」

「……いらないわ。寒くないもの」

「やせ我慢をするな。そなたの国、エーデルシュタインよりだいぶ寒いはずだ。それにその薄物のローブとて、すぐに役に立たなくなるのだから」

それが何を意味するのか考える隙もないままに、グラスをくいっと呷《あお》ったレイナルドが覆いかぶさってきた。

「……あっ」

肩を押されて背を寝台にぽふりと落とされる。突然、目の前に迫ったレイナルドにフェリシアは当惑する。良く分からない何か……、秘められた熱のようなものをその瞳の中に燻《くすぶ》らせているような気がした。

温かみのある手が冷えた頬を包み、肉厚な唇が近づいてフェリシアの唇に触れる。

静けさの中で、とくんとひとつ胸が鳴なった。

——わたし、レイナルドと口づけしている……。

自分よりも体温の高い感触を唇に感じて、みぞおちがじんと痺《しび》れる。

突然のことに思考がついていかない。

喘ぐように少しだけ唇を緩めると、彼の口づけが深くなり、とろりとした液体が流れ込んできた。

「——んっ」

ごくりと喉が鳴る。

灼《や》けるような苦みのある液体が否応なく胃の腑の奥へと流れ込んできた。

まるで身体の自由を奪う禁断の毒のように。

フェリシアは睫毛《まつげ》さえもはためかせることが出来ずに苦くて熱いお酒の味を味わった。

＊　　　＊　　　＊

「ふ、いい子だ。突き飛ばさないだけ成長したな」

ゆるやかな微笑を浮かべながら見下ろされ、胸の奥がきゅんと疼く。

どうしてレイナルドは意地悪を言うときも、こんなに自分を惹きつけてやまないのだろう。

——あれはたしか二年ほど前のこと。

フェリシアが十六歳になったばかりの頃だ。

レイナルドがフェリシアの国の式典に参加して帰国するとき、見送りに出た姉のカトリーナに続いて、フェリシアの頰にもキスをした。

もちろん軽く触れるだけの別れの挨拶なのだが、恋焦がれた人から頰に口づけを受けるなど、フェリシアにとっては人生初めてで一大事。

あまりに恥ずかしくて驚きすぎた結果、いやっ……っと皆の前で彼の胸を突き飛ばしてしまう。王族としてあるまじき失態だった。

傍らにいた母からは、これっと叱られ、まだまだ子供でしょうがない、と呆《あき》れられたのだ。

レイナルドからも早く大人になれ、と言われたのだが、きっとその時のことを言っているのだろう。

「あの時は、突然だったし、皆が見ていたし……」

「流石に私も、ただの挨拶のキスでさえも嫌がられるほど嫌われているのかと思ったが？」

——違う。その逆だ。

レイナルドのことが好きすぎたから。

だから挨拶のキスでさえ、天にも昇るような気持ちになってしまう。うっとりした顔の自分を周りに、とりわけレイナルド本人に気づかれるのが嫌だった。

「だが、悪いが今夜は嫌でも途中でやめてやれない」

レイナルドがその眼差しをすっと細く引き締めた。

上体を起こし、フェリシアに見せつけるように白貂のローブから筋肉に包まれた逞しい肩を抜く。

威厳のある様子にごくりと喉が鳴り既視感が浮かぶ。

かつて歴史の本で読んだことがある。ローデンヴェイクの伝説の覇王が、他国から攫《さら》ってきた姫と初夜を迎える時の様子とあまりにも瓜二つだった。

物語でも白貂のローブを脱ぎ捨てた、とあったからだ。その後、攫われた姫は覇王に夜も昼もなく貪られてしまう。

——まさか、レイナルドは夜も昼もなく貪るなどということはないわよね。

伝説の覇王は、攫ってきた他国の姫に恋をしていたがレイナルドは違う。だからそんな物語のようなことになるはずはない。

「フェリシア、何を考えている？」

「——っ、ローデンヴェイクの伝説のことを……」

「ほ——う。余裕だな」

レイナルドが白貂のローブをすっかり脱ぐと、ぎしりと音を立てて寝台に上ってきた。

暖炉の灯を後光のように背負い、男らしい体軀《たいく》が光と影となって浮き上がる。

フェリシアは息をのみ、物語の覇王のようなその姿に声もなく見惚れてしまう。

きっと攫われた姫も、こんな風に感じていたのかしら。

広い肩幅に厚みのある逞しい胸。引き締まった腰が艶めかしい。

張りのあるその肌は、彫像のように硬そうなのに表面は絹のごとく滑らかそうだ。

綺麗《きれい》に割れた腹筋はレイナルドが動くと魅惑的に波打ち、ことさら背徳的に思えてくる。

しかも下ばきを腰骨あたりで履いているせいか、黄金を濃くしたような茂みが垣間見えてどきんとした。

——いいえ、レイナルドは覇王なんかじゃない。女を虜にする黄金の悪魔だ。

男を意識させる肌の露出に、毒気にあてられたように圧倒される。

「フェリシア、もう一度言う。嫌でも突き飛ばされても、今宵は止めてやれない。いいな？」

表情は穏やかなのに、その言葉は王としての威厳を纏い、揺るぎない響きでその口から紡がれた。他者を容赦なく、意のままに従わせる威圧感さえある。

その瞬間、冷たい水が注がれたように心が冷えた。

——彼の身体に見惚れていた私はなんて間抜けなんだろう。

今宵は、国と国との取り決めを繋《つな》ぐためのもの。

嫌でも止められないというのは、彼が自分を求めているからではなく、それが王としての義務から出た言葉なのだ。

そう思うと、やるせなさに心が萎《しぼ》む。

けれどもフェリシアは、素直にこくりと頷《うなず》いた。

二人の結婚はレイナルドがどんなに嫌でも止められない。国同士の絆を深めるためだから。

「……いい子だ。そう緊張することはない。さっき宣言したからな。今宵は甘やかしてやろう」

レイナルドがフェリシアを引き寄せ、行き場のない可哀そうな猫を抱きしめるように、逞しい素肌にそっと包み込んだ。

——甘やかすってこういうこと？

フェリシアは少しだけほっと肩の力を抜いた。それなら大歓迎だ。

湯浴み後の彼の身体は清潔で爽やかだった。ほのかにオーデコロンとレイナルド独特の匂いが交じり合い、うっとりする。

彼の指先が伸びてきて、フェリシアの頬の輪郭をなぞるように撫でおろした。

子猫をあやすように擽《くすぐ》る指先は、その感触を愛でているようで……。

猫の毛並みを確かめるような仕草が、なぜか淫猥《いんわい》に感じて肌がざわついてくる。

それでもその仕草があまりに優しげなものだから、宝物のように扱われているのだと勘違いしそうになる。

さやさやと撫でる指先の温もりを感じ、喉が甘えるような音を立てそうになった。どうしてかお腹の辺りがきゅんと重くなり熱をもって痺れてきた。

ずっと希《こいねが》っていた人がすぐ傍にいるのに、なぜこんなにも切なく心が震えてくるのだろう。

頬を撫でられただけで、もういつ死んでもいいくらい幸せだと思ってしまう。

「んっ、レイナルド……」

ゆったりと愛撫《あいぶ》するような指の動きに堪りかね、フェリシアは喘ぎとも溜息ともつかない声を上げた。

するとその合図を待っていたかのように、レイナルドの唇が吐息とともに重なってきた。

「……ひぅっ」

「息を止めるな。目を瞑《つぶ》って鼻で息をしてごらん」

こくこくと小さく頷き、彼の言ったようにする。

いい子だとあやすようにレイナルドがその鼻先でフェリシアの鼻を擦ると、彼の舌がクリームを舐《な》めとるかのごとく、フェリシアの唇を啄み甘くなぞる。

フェリシアも同じように動かしてみた。

彼に啄まれると啄み返し、舌先でなぞられるとフェリシアもなぞり返す。

だんだんと唇の触れ合いに慣れてくる。ちゅ、ちゅと互いの唇から耳に心地いい水音が立ち、軽やかな口づけにしばし没頭する。

——ああ、幸せ……。

唇が触れ合う瞬間はどきどきして、心に甘いときめきが流れ込んでくる。

互いの唇を擦《こす》り合わせて感じ合うと、至福の幸せに心が天国に舞い上がりそうになる。

そして離れるときに吹きかかるレイナルドの艶やかな吐息が、フェリシアの胸を熱くさせた。

それらの全てが、フェリシアの心をレイナルド一色に染め上げる。

切なくて、幸せで、熱くて、灼け焦げそうなほどで。

小鳥のように、ささやかな唇の触れ合いを繰り返すたび、心がさらに甘く震えてしまう。

——こんなにもレイナルドが好き。

これまでずっと彼への想いを秘めていた。

心の奥で蕩けださないように、かちかちの石のように固めてきた。

それがどうだろう。

レイナルドに触れるたびに、彼への想いがどんどん溶けだしてくる。

ちゅ……とレイナルドがわざと大きく水音を立てて離れると、蕩けきり薔薇《ばら》色に上気したフェリシアの顔を見つめて、くす……と小さく微笑んだ。

「……シア、大人のキスをしようか」

少し熱の籠った声でそう提案されて、フェリシアは目を丸くした。

——唇と唇を重ね合わせるキスが大人のそれでないとしたら、彼の言う大人のキスとはどういうものなのだろう？

戸惑いを隠せずに見上げると、レイナルドの大きな手にうなじを包まれそっと引き寄せられた。

間髪を入れずに艶めいた男らしい顔が近づいて、再び唇が覆いかぶさってくる。

「んっ……」

──まるで食べられてしまいそう。

つい今しがたの啄むようなキスとは違う。

ざらりとした男らしい肉感的な舌の感触にどきんとする。それが唇を割り開いて口の中に侵入してきた。フェリシアの柔らかな舌をいとも簡単に捉えると、ねっとりと絡みついてくる。

「ん、んっ、ぁっ……」

──これが大人のキス……？

先ほどの酒をスパイシーにしたような味にくらくらする。

離れては触れあっていた口づけが、ささやかなものだったのだと分かるぐらい濃厚に貪られてしまう。

歯列を舐められる初めての感覚に、全身の細胞が粟《あわ》立ちぞくりとした。

舌の味蕾《みらい》のひと粒ひと粒を味わうように動き、付け根までも食べられてしまいそうなほど、咥内《こうない》全体を嬲《なぶ》られ蹂躙《じゅうりん》されている。

「んっ、んはぁ……、んっ……」

生々しい口づけにフェリシアはただ圧倒された。それでも自分の身体に熱情の火が灯ったことを否応なく意識する。

突き飛ばすことなんて到底できない。

酩酊しそうなほど、腰からも手足からもくたりと力が抜けていく。

甘やかだった口づけの余韻が、どくどくと波打つ鼓動にかき消されてしまう。とって代わった濃厚な大人の口づけに頭がぼうっとなる。

唾液が蕩け合い体中を彼の味で満たされる気がして、得体のしれない熱が湧いてきた。

溢《あふ》れる唾液をレイナルドが極上の飲みもののように、ごくりと喉を鳴らして飲み干している。

獣じみたその淫猥な音に、身震いした。

王族はいついかなる時も、死の間際でさえも高潔であれと教えられてきた。きっと彼もそうだろう。

それなのに高潔さからは程遠く、獣の交わりのように野性味を含んでいる。

淫靡《いんび》な音を立てて唾液を啜《すす》り、口づけに耽《ふけ》るレイナルドは王族の高貴さのかけらもない。獣の雄そのものだ。

「……そなたの唇は甘い」

「レイ、ナルド……」

未熟な性の扉をひらく鍵のように、低く甘く心に差し込まれた声音。

今宵、フェリシアには想像もできないような何かが起こりそうな予感がした。それを仄めかす先触れのように、彼が熱の籠った吐息を口づけとともに吹きかけてくる。

「シア……、そなたは私を惑わす……」

レイナルドの掠《かす》れた声が耳朶《みみたぶ》に吹きかかった。

惑わされ困惑させられているのはフェリシアのほうなのだが、そう呟いてくれるのは姉の代わりとなった自分への気遣いなのだろうか。

レイナルドはようやく濃厚な口づけを解いて、フェリシアの耳たぶを甘噛みした。同時に薄物のローブの上から大きな手が這い上り、乳房をこんもりと包む。

「ふぁっ……」

その刺激にピクンと身体が揺れた。

レイナルドは胸のふくらみの感触や形を確かめるようにやわりと揉《も》み、長い人差し指がつるりとした未熟な頂に触れた。

大人の性感を知らない初心《うぶ》な蕾《つぼみ》は、乳暈《にゅううん》に埋もれたままだ。

レイナルドはその蕾がどう反応するのか分かっているのか、指先で先端を優しく引っ掻くように撫で始める。すると、どういうわけか、寒くもないのに乳首が薄布を押し上げ硬くすぼまった。そこだけ厭らしくつんと尖《とが》りを帯びてやけに感じやすくなる。

「やぁっ……、んっ」

「ここが気持ちいいか？」

レイナルドが乳首の先端の蕾を指先でコリっと撫でる。

触れられた頂から、名状しがたい甘い疼きが身体の奥に流れ込んできた。

湯浴みの時にはたいして意識していなかった乳房なのに、急にその重さをありありと感じる。揉みしだかれながら、まるで彼の手を悦ばせるようにその形を変えていく。

「レイナルド……ッ、そこ、んっ、変なの……。触れられるとなんだかお腹の奥がじんじんして……」

「ふ、ここには気持ちよく感じる薔薇色の蕾があるんだよ」

レイナルドはフェリシアを横たえ、薄物のローブの紐を慣れた手つきで解くと合わせを左右に開いた。

マシュマロのような乳房がふるりと零れ出て、その先にはレイナルドが言ったとおり、薔薇の蕾のように淡く桃色に染まった乳首がつんと上向いている。

「……ほう、着やせするようだ」

レイナルドが目を瞠《みは》り感嘆の声を上げた。

それが褒め言葉なのか分からないまま、思案していると、彼が双眸を伏せて端正な顔を近づけた。何をするのかと思いきや、乳頭の先端が彼の口の熱い温もりの中に包まれる。

「ひぁっ……んッ」

——信じられない。

一国の王とも在ろう者が、美味しそうに女性の乳房を咥《くわ》え、舐めしゃぶっている。

長く突き出た舌先で可愛がるように蕾を左右にコリコリと転がし、根元をほじくるようにして愛撫する。

「——っん、んぅ……」

キュンとした強い疼きが走り抜けた。堪えがたい刺激になんとか我慢しようとする。

それなのに甘い疼きが全身へと伝わってきて、苦しいような気持ちいいようなヘンな気分になる。身体が昂り息まであがってきた。

私の身体は、いったいどうしたんだろう……。

なぜか腰が疼いて、ひとりでにくねり出す。

それでもどんどん溜まる甘苦しさを逃がせずに、レイナルドから逃れるように身を捩《よじ》ろうとした。

だがフェリシアごときの力では、ビクともしない。

下半身もいつの間にかレイナルドの逞しい太腿にがっしりとホールドされている。あまつさえ、両手で乳房を掬《すく》い上げるように鷲掴《わしづか》まれている。

これでは逃れようもない。

レイナルドにとっては、ただフェリシアが快感にのたうっているようにしか見えないだろう。

「そなたは男を虜にする極上の身体をしているな」

「そんなの、うそ……んっ」

今まで自分の姿をレイナルドにも周りからも褒められたことはない。もちろん、王女として着飾れば、それなりに美しいとも言われたことはある。

だが、精緻な白金細工《プラチナ》のように、誰が見ても高貴で美しい容姿をしている姉と比べると、見劣りする。

この悪目立ちする赤い髪はずっとフェリシアのコンプレックスだった。さらに腰が細いわりに胸はふくよかで、なんだかアンバランスだ。それでも自分なりの可愛らしさがあるとは思っていた。

だが所詮、姉には叶わない。

レイナルドのいう極上の身体ではないはずだ。

「嘘ではない。男の欲望を誘う。特に蕾は可愛らしくつんと尖ってコリコリして……味わずにはいられない。乳暈はまるで桃のクリームのように滑らかな舌触りだ」

「ふぁ……ッ」

長年のコンプレックスをも忘れさせるような賛辞に、ついうっとりする。

レイナルドの生温い舌でしゃぶられ、胸の先から蕩けるような快感が込み上げた。

片方の乳首を指できゅっ、きゅっと摘まむように弄ばれ、もうひとつを熟れた乳輪ごとじゅ……と美味しそうに吸い上げられる。

その度にぴくんぴくんと腰が跳ね、啜り啼きのような甘い声を上げてしまう。得もいわれぬ快感が胸に広がり、そんな自分にどうしようもない羞恥が込み上げた。

自分の未熟な身体を貪られるのは恥ずかしくて見ていられない。なのにレイナルドから目が離せない。

濃い金色の長い睫毛を伏せて、乳房の先端を咥え込む彼はとても淫靡だ。

レイナルドに食べられるように味わわれていることが誇らしくさえ思えてくる。

姉よりも見劣りはするが、自分がレイナルドの欲情を誘ったことに、背徳的な悦びを感じてしまっていた。

「気持ちよさそうだな。どれ、もっと良くしてやろう」

妖艶に微笑みながらレイナルドが乳房から手を放し、ゆっくりと口づけを下に落としていく。

乳房の下、みぞおち、臍《へそ》の周り。

今のフェリシアは何処に触れられても、甘い刺激が肌の下に落ちてくる。

時折、ちくりと強く吸われ、不思議に思って視線を下げる。すると肌の上に紅色の印が刻み込まれていた。

「ふ、そなたの淡雪のような肌に良く映えるな」

レイナルドが、ほっそりした腰を両手で包みこみ、口づけの痕を残しながら滑らかな肌の上を辿っていく。

くぼんだ小さな臍を舌で擽られ、フェリシアは堪らず、やぁ……と舌足らずな甘い声を漏らした。

するとそれが気に入ったのか、レイナルドが臍ばかり責めてくる。

「んっ、レイ……ドッ、そこ、だめ……、擽ったい……ッ」

「そなたの初心《うぶ》な反応が可愛くてな」

ようやくレイナルドが擽りをやめ、フェリシアはほうっと息を吐いた。こういうからかうような意地悪は、昔と変わらない。

寝台の上でのじゃれ合いが、なぜか親密な繋がりを生んだ気がする。

レイナルドがふと顔を上げて、見たこともないような欲に耽る双眸を向けてきた。

「フェリシア、さっき気持ちよく感じる薔薇の蕾があると言ったろう？」

唐突に何を言い出すのかと思えば、先ほど自分が晒《さら》してしまった痴態のことだろうか。

つんと尖った蕾のことをはしたないと指摘されたようで、顔が赤らむ。

でも、あんなに素晴らしい気持ちになったのは生まれて初めてだ。

それもきっとレイナルドだから。

輿入れ前の王族の閨教育では、王と妃の褥《しとね》に快楽はないと教えられた。王と王妃の閨の目的は、ただひとつ、世継ぎを作ることのみ。

王は男としての快楽を、愛人や寵姫から得るものだと教わった。実際、自分の父親にも別宅に愛人がいると聞いている。

ただ一般的に王が愛人を作るのは、王妃が世継ぎを産んでからのことだ。

『王妃の務めは王との間に世継ぎを成し、為政者となるべく育てること。閨では静かに横たわり、痛みがあっても声を上げることなく、足の間に王の子種をただ受け止めればいい』

——閨の指南役である年配の古参女官から、そう教えられたのだ。

それなのにこんな風に甘く口づけてくれ、自分の身体を花のように愛でてくれるのは、ひとえにレイナルドの優しさからだろう。

「あの……、さっきは気持ちよくて声を上げてしまって……ごめんなさい」

あまりに、はしたなかっただろうか。

レイナルドを見上げて顔を赤らめると、また頬に指先が触れそっと撫でられた。

彼の指がなぞる肌の上から甘さが滲み、きゅんと胸が震えてくる。

こんなことをされては、ただ静かに横たわるなんて無理と言うものだ。

「フェリシア、どれだけその小さな口で可愛い声をあげても構わない。だがそなたの知らないところに、もうひとつ気持ちいい薔薇の蕾がある」

「どこに……？」

きょとんとして聞き返す。

猫や犬、動物にはいくつも乳房があるけれど、人間の胸は二つしかない。するとレイナルドが苦笑した。

「今からどこにあるか教えてあげよう。何があっても声を我慢しなくていい。むしろ聞かせて欲しい」

「えっ、ひゃ……んッ」

レイナルドに太腿を掬い上げられ、やんわりと左右に開かされた。自分でさえ凝視したことのない秘められた部分をすっかり曝かれる。

優しいと思っていたのに、あまりの暴挙に声が出ない。

羞恥に堪えかね、いやいやとかぶりを振る。

「や、だめっ、あっ……」

「なんと可愛い花びらだ。まだ未熟で開ききっていないが、それを綻《ほころ》ばせるのも愉しみだ」

白く浮かび上がる太腿に口づけを落としながら、レイナルドが感に堪えないといった声をあげた。

容赦のない熱い視線で、その眼前に無垢《むく》な蕾を剝き出しにする。

「淡雪の上に、黄昏《たそがれ》色のような和毛《にこげ》も麗しい。その下の花びらは、薔薇の蕾のごとくしっとりと朝露に濡れているようだな」

――消えてしまいたい。

レイナルドは賛美の言葉のつもりなのだろうが、あまりの恥ずかしさに、かっと全身が熱くなり眦《まなじり》に涙が潤む。

なぜか視線を注がれているそこが、勝手にひくひくと震えている。

はしたない部分を見られているというのに、秘部が潤んで、とろりとした液体が零れ落ちた。

その感触に、ひっと喉が震えだす。

尿意は感じなかったのに、良く分からないうちに粗相《そそう》をしてしまったらしい。その液体は後孔の方まで滴っている。

「れ、レイナルド、わたし、粗相して寝台を……」

汚してしまう。

顔色を青くしたフェリシアに対して、レイナルドが嬉《うれ》しそうに微笑んだ。

「ああ、フェリシアの花びらからとろとろの蜜が滴っている。美味そうだ」

ゆっくりと秘所に顔が沈んでいく。

フェリシアは恐ろしくなり、そんな所に顔を近づけてはだめだと声を上げようとした時には、もう遅かった。

「……っあぁ――……ッ」

零れる甘蜜を掬い上げ、熱く濡れた舌が花びらをねっとりと舐め上げた。

――じゅわっと熱が広がって、ヌルついた刺激に腰が砕けてしまいそう……。

男の――、レイナルドの舌が、秘所で滑らかに熱く蠢《うごめ》いている。

胸の蕾を含まれたときとは比べ物にならない。

恐ろしいのに蕩《まさぐ》けそうなほど気持ちが良くて、どくどくと鼓動が逸《はや》る。

太腿の間を弄る男の頭が生々しい。

かといって乱暴ではなく、レイナルドは花びらの割れ目を丁寧に舐め上げ、喉を鳴らしてとくりと溢れる甘露を美味しそうに啜っている。

「あんっ、あ……、だめっ、そんなところ、汚いから……んっ」

「フェリシアに汚い所などあるはずがない。ここはまるでオアシスに咲くというジャスミンのようだな。甘くてイチモツにクる」

――いちもつ？

それが何か分からないまま、レイナルドの生温かな舌の動きに感じ入って声も出ない。舌先が花びらのあわいを押し開き、まるでそこだけ違う生き物のように蠢いていた。その動きに合わせてひとりでに熱い吐息が零れ、気持ち良さに啜り啼く。

「ふ……んぁっ、レイナルドッ……、あ、そこ、やぁっ……」

「こんなに感じて……可愛らしい」

快感がさらなる快感を連れてくる。

こんなに感じてしまうなんて恐ろしいのに、もっと続けて欲しい気持ちになる。フェリシアの中で何かが目覚め、蕾が次々と綻ぶように花開いていく気がした。

脚の付け根に沈むレイナルドの頭に指を差し入れたまま、太腿をひくひくと戦慄《わなな》かせる。

彼からもたらされる淫雅な愉悦以外、何も考えられなくなってしまう。

フェリシアはいつの間にかさらに脚を開き、レイナルドに秘園を差し出していた。花びらの狭間で蠢く愉悦を余すところなく享受できるように。

「あっ、んっ……、レイナルドっ……」

――いったい、私は何てことをしているのだろう。

「いい子だ、ご褒美だよ。そなたの可愛い宝珠を愛でてやろう。そのまま自分でちゃんと脚を開いたままにしているんだよ」

フェリシアは良く分からないまま、こくこくと頷いた。

レイナルドは気持ちいいことをしてくれる、きっと幸せな気持ちにしてくれる。それが分かっているから、心も身体も彼の愛撫に従順になる。

レイナルドが艶麗な微笑みを浮かべ、両の親指で花びらを大きく左右に押し開いた。そこに隠されていたものを分からせるように熱い吐息をふぅっと吹きかける。

すると下腹部の奥に、強く痺れるような熱が灯った。

そこにあることを知らなかった秘めやかなものがじんと疼き、フェリシアはなんだか分からず狼狽《ろうばい》する。

吹きかかった熱い吐息がこれから始まる濃艶な夜の先触れのよう。

フェリシアはなんとなくいやな予感に身を震わせた。

――もしかしたら、そこをレイナルドにやすやすと明け渡してはいけなかったのではないの？

そんな想いがよぎった時、たっぷりと蜜を纏った舌先が無防備な割れ目に伸ばされた。

ゆるやかにと秘唇をなぞり、ぷっくりと膨れた芽のようなものを可愛がるように舐め転がす。

「ッ、あぁぁっ、あ、あんっ――……」

一瞬で目の前が真っ白になった。

今までに感じたことのない、蕩けるような甘やかな刺激が駆け巡る。世界が悦楽にゆがみ、何かに摑まっていないと堪えられない。怖い気がして、シーツをぎゅっと鷲摑み、開いた脚を閉じようとした。

「脚を閉じることは許さぬ。可愛く開いているがいい」

レイナルドに言われて、なんとか脚を左右に開いてはいるものの、内腿がぶるぶると震えてくる。

神経が剝き出しになったような花芽を舐められ、これまで知らなかった性感が萌芽した。今まで感じた中で最上の歓喜が溢れるような気持ち良さに襲われ、瞳がとろんと虚《うつ》ろになる。

フェリシアの知らない悦楽の世界が広がっていた。

その扉を開いてしまったからには、あとはもう快楽の饗宴に引き摺り込まれる。

自ら欲しがるように脚を淫らに開き、快感に咽《むせ》び泣く痴態をレイナルドに見られていることにさえ、ほの昏い悦びを感じてしまう。

僅かに残った理性はもう役には立たなかった。脚を閉じたいのか開きたいのか、快楽にふやけ昂揚した頭では思考がうまく回らない。

ただ秘所を蠢くぬめりがフェリシアの気持ちいい所を刺激して、ますます理性を狂わせていく。

舐められるたびに甘くて堪えがたい熱が花芯に灯り、官能の坩堝《るつぼ》に堕とされた。しまいにはもっと舐めて欲しくて、自ら腰を浮き上がらせレイナルドの唇に甘えるように摺り寄せてしまう。

「あっ、そこ……。レイナルド……ッ」

「よしよし、素直なフェリシアは可愛いな。もっと気持ちよくしてほしいか？」

――ありえない。

淫らにレイナルドに強請《ねだ》った自分も、これ以上に気持ちよくなれることも。

するとぬるぬると花芯をあやしていたレイナルドの舌が秘玉から離れて、フェリシアを仰ぎ見た。

蜜の滴る秘所を愛でた余韻で、レイナルドの唇が濡れて艶々と光っている。

目も眩むような淫靡な光景に、気を失いそうになる。

得体の知れない色香を漂わせた双眸が、ひたとフェリシアを捉えて、すっと細められる。

長い舌を肉食獣のようにぺろりと舌なめずりすると、また顔を伏せて敏感な突起をクチュっと音を立てて咥内に含み入れた。ヌルつく舌が、快楽の芯をしゃぶり吸い上げる。

「――ひぁぁん……っ」

全身の皮膚がぶわりと湧きたち快感が爆《は》ぜた。

身体も意識も高みに押し上げられて粉々に砕け散っていく。

フェリシアはこれまで出したこともない、まるで発情期の雌猫のような甘い声をあげた。ただただ、官能に咽び泣く。

——きっと部屋の外にも聞こえてしまっている。

輿入れした花嫁はなんとはしたないのだと、この国の者達に嘲《あざけ》られてしまう。

そう思っても快感と共に身の内から湧く甘い声は止まることなく、滾々《こんこん》と流れる泉のようにとめどなく漏れ出していく。

もはや自分で足を開いていることなどできない。

力を失いひとりでに閉じようとした太腿は、レイナルドの手に阻まれた。自分で開いていた時よりも、さらにぐいっと大きく押し開かれる。

「やぁ……、だめ、あっ……」

「いい子だから、じっとしていろ。ここをもっと愛でて育ててやろう」

まるで花が咲くように花弁が綻び、剝き出しになった花芯が、抵抗もできずにたっぷりと舐め溶かされる。

コリコリになった淫核を、クチュクチュと咥内で甘噛みされ、じゅるじゅると吸い上げられた。

——なんてことだろう。

腰が、秘所が、つま先がひくひくと痙攣《けいれん》するのを止められない。

暖炉の焔に艶めくルビー色の髪を波打たせ、この世のものとは思えない悦楽に、ただ喘ぐことしかできない。

「んはぁ、あッ、んぁっ……、レイナルド……ッ、だめ、おかしくなっちゃうっ……」

「ふ、むしろおかしくなってほしいな。そなたの可愛い蕾をたっぷりと甘やかしてやる」

「ん、ふぁ、あ……んッ」

脚の間がずきずきと脈打ち、身体が火照って堪らない。

息が荒くなり、どこかに昇りつめるような感覚に見舞われた。

堪えがたいヌルついた感触に全身を震わせる。するとありえない場所に、得体のしれない何かが入り込んできた。

「ひう……っ」

ぞくりと背筋に怖気が走る。

とぷんっと卑猥《ひわい》に響く水音が立ち、すらりと長いものが探るように蜜壺《みつつぼ》へと忍びこんできた。

「やぁっ……、な、なに……?」

「堪らないな……。こんなにきつくて、可愛いすぼまりだ」

恐る恐る見ると、レイナルドの長い指がフェリシアの蜜壺をそっと押し開きながら奥へと沈み込んでいる。

フェリシアは呆然《ぼうぜん》とした。

――自分の中に、レイナルドの指が……。

うそでしょう、ゆ、指!?

そう思った途端、媚《び》肉がきゅっとすぼまりレイナルドの指を締めつけた。

「んぁあっ……、ふぁ……んっ――ッ」

それを喰い締めたのは自分の身体のはずなのに、淫らに喘いで絶頂に押し上げられてしまう。

甘い痺れが渦巻く中、長くてごつごつした指を自分の中にありありと意識する。

足はなす術もなくだらりと開き、肢体もだらしなく緩みきっている。

ひくひくと痙攣しながら乳房を揺らし、淑女とはとうていほど遠い痴態を晒している。

蜜壺だけは貪欲に彼の指をきゅっと喰い締め、まるで悪女のように、もの欲し気に戦慄いた。

「ふ、愛《う》いやつめ。指だけでイってしまっては、先が思いやられるな」

レイナルドの物言いは呆れたようなのに、声はどこか浮き立っている。

――恥ずかしくて心臓が爆発しそうだ。

淫らな自分を貶《けな》されていると分かっているのに、その艶めいた声が下腹部に響いた途端、蜜汁がじゅわりと染み出してきた。

レイナルドの指の隙間から、とぷっとぷっと音を立てて零れ出る始末だ。

「ああ、こんなに蜜を滴らせて。そう急《せ》くな。ここをたっぷり解しておかないとあとが辛い」

とろっとした甘蜜を纏わせながら、蜜洞の花びらを掻き分け撫で広げられる。

フェリシア、可愛い……。

優し気に動く指先がそう伝えている気がして、胸がじんと熱くなる。

誰にも見せたことのない痴態を憧れのレイナルドに見られているというのに、彼に自分の内側から愛撫される幸せに陶酔する。

「レイナルド……、んっ、んっ……」

「ふ……、いい子だ。これはどうだ？」

襞《ひだ》を撫でていた指がゆるゆると抜き差しを開始した。そのありえない動きにびくりとする。

――どうして前後に抜き差しするのだろう。

不思議に思うものの、ぬぽぬぽと前後に弄られるのが濃蜜な快楽を連れてくる。

喉奥からも快感が込み上げて、しばし自分の甘い吐息に酔う。

ゆっくりと、だが確実に快楽の淵へと堕とされていく。

「……そろそろ頃合いか」

掠れた声が下りてきた。

レイナルドがいつの間にか二本に増やした指を引き抜くと、なぜかがっかりしてしまったことに罪悪感を覚えた。

――頃合いとは、これでもう初夜は終わりなのだろうか。

彼の子種はもう受け入れられたの？

閨教育も肝心な部分は濁されてしまったから、これで初夜が終わったのかどうかが分からない。

するとレイナルドが膝立ちになり、下履きの紐を解いて寛げた。何をしているのかと不思議に思っていたフェリシアはぎょっと息を詰めた。

――なに？　あれは……。

暖炉の光で逆光になっているものの、股間にとてつもなく太長いものが聳《そび》え立っている。

ぶるんと飛び出たそれは、猛々しいほど反り返り、戦の神のような雄々しさを湛えていた。

鍛え上げられた腹筋に、見事にぴったりとつきそうなほどの勢いである。

――殿方のその部分を見てはいけない。

そう教えられたのに、目が離せない。

フェリシアがちょうど十五歳になって舞踏会に参加するようになると、最初に教えられたのは、殿方の股間をじろじろ見てはいけない、ということだった。

なぜなら殿方のそこには女性にない性器があり、それが貧弱な殿方は、その部分にコッドピースという性器を覆うものを入れていて、身の丈以上に大きく見せているのだとか。

それを女官から聞いたときは、なんだか滑稽で姉と笑い転げたものだった。

兄はどうだったのかは覚えてはいないが、洒落者の従兄はひょろりとした身体に似つかわしくない、大きなコッドピースを入れていた。

それを舞踏会でこっそり姉と盗み見て、くすくすと笑っていたものだった。

だが目の前のレイナルドのそれは、コッドピースなどにやすやすと押し込められているような代物ではない。

赤黒く張《みなぎ》り、ひどく獰猛《どうもう》で、ひどく淫らだ。

太い肉幹は、まるで違う生き物のような存在感で禍々しくさえある。

「これをそなたの秘壺に挿れるのだが……。恐れをなしたか」

フェリシアが恐ろし気な顔をしたのに気が付いたのだろう。

レイナルドは、少しだけ眉の間に縦皺《じわ》を刻んでフェリシアの瞳の中を覗き込んだ。それでもフェリシアは首を左右に振った。

――怖くなんてない。

レイナルドに全てを捧げ、彼のものになりたいから。

「ふ……、突き飛ばされても止められないのだぞ」

「そ、そんなことしません」

「ならば受け容れるがいい」

引き締まったレイナルドの太腿が、フェリシアの脚の間を我が物顔で占拠する。

大きくフェリシアの太腿を開くと、熱い塊が蜜口に触れた。

ぐぷ――、と蜜が押し出される音がして、大きな楔《くさび》の先端が押し入ってくる。

「ん……、うぅ……」

「――っ、シア、いきむな。力を抜いてごらん」

開いた傘のような塊がぎちぎちに蜜口を押し広げる。続いて太い幹がゆっくりとではあるが、狭い膣壁を抉《こ》じ開けながら確実に分け入ってきた。

まるで無垢な花園への闖入者のように、その刀身を無遠慮に沈めていく。

フェリシアは、感じたことのない痛みと恐怖にパニックになった。

ぞくぞくするような気持ち良さよりも、得体のしれない慄《おのの》きが押し寄せてくる。

「やぁ……、抜いて。やだっ、怖いっ、痛いの……っ」

フェリシアは泣きながらそう訴えた。

驚くほど熱くて大きなものに恐れをなす。

まるでむずかる子供のように、髪を振り乱していやいやと顔を振る。しまいには、レイナルドの胸をぽかぽかと叩き始めた。

「っ、シア、大丈夫、いい子だから……」

痛いのはフェリシアの筈なのに、なぜかレイナルドが苦し気に呻《うめ》く。

それでもフェリシアを宥《なだ》めるように、乳房を柔らかく包みゆっくりと揉みしだく。唇や頬、顔の至る所に甘やかな口づけを落とされ、次第に強張っていた身体から、力がすぅっと抜けていく。

優しく舌が絡められ、あやされているうちに恐怖心が和らいできた。

そうっと抱きしめられ、肌の温かな温もりが伝わってくる。口づけの甘い水音に怖かった気持ちが緩んできた。

いつしかうっとりして瞼《まぶた》を閉じた。媚肉も柔らかく蕩けて蜜汁が溢れ、レイナルドが腰を進めるまま、雄幹を秘園の奥へと誘うように呑み込んでいく。

「……あ……んっ」

ちょっとだけぴりっとした痛みが走ったものの、恐怖心がなくなったせいかさほど痛みは感じなかった。

それよりもレイナルドの質量に圧倒される。

ようやく太茎の根元まで押し込めると、レイナルドが安堵《あんど》したように息を吐いた。

「きつくないか？」

「き、きつい……です。それに硬くて……」

フェリシアが涙目で声を震わせる。すると胎内の雄幹がぴくりと脈動した。

──私の中に、レイナルドがいる。

まざまざとレイナルドの存在を意識すると、痛みよりも嬉しさが込み上げた。

ずっとずっと諦めていたその人と、今一つに結ばれている。

幸せで胸が詰まり、じわりと蜜洞から甘い愉悦が生まれてきた。

「そなたの中は、熱くて柔らかいな。果てのない天上の楽園に誘う天国の扉だ」

レイナルドが感じ入ったように深く溜息をつく。

見下ろされた瞳が熱くて、視線だけで甘く蕩けてしまいそうだ。

長い指が伸びてきて、フェリシアの頰を撫でる。

子猫をあやすようなレイナルドの手つきが愛おしくて、もっと撫でて欲しくて頰を摺り寄せた。

「こんな風に私が可愛がるのはそなただけだ。覚えておくといい」

甘い囁きを落としながら、レイナルドの肉棒がゆったりとフェリシアを穿ち始めた。

最初はさざなみのように腰を波打たせて、己の形をフェリシアに馴染まるように動く。

ぬぷ……、ぬぷ……という動きが艶めかしい。

初めて雄を受け入れた蜜壁は、ぎこちないながらもレイナルドが動くたびに蜜汁を滴らせた。

――なんだか、きもちがいい……。

雄と雌の原始の交わりに、フェリシアの身体も律動に合わせて、自《おの》ずと甘いリズムを刻む。

レイナルドに擦り上げられるたびに、得もいわれぬ甘い快感が走り抜けていく。

ねっとりと腰を回され、長い刀身をゆっくりと引き抜かれるとぞわぞわした愉悦が身体の奥から込み上げてきた。

最奥を抉《えぐ》るように突き上げられれば、脳芯にまでずんずんと甘い痺れが襲ってくる。

「フェリシア……、そなたの中、堪らなく悦い――」

レイナルドの掠れた声に、心の奥がきゅんとする。

堪らなく嬉しいけれど、きっと彼がこんなに感じているのは女性としてのこの身体だけ。

それでも突き上げられるたびに、性の悦びに目覚めていく。

レイナルドをもっと感じたくて肌を摺り寄せると、その身体は燃えるように熱く汗ばんでいた。

腹や腰の筋肉がしなり、抜き挿しされるたびに互いの肌と肌がぬるぬると滑る。

鋼のような鍛え上げられた筋肉に、自分の肌が吸いつく感触が堪らない。

「思ったとおり最高にいやらしい身体だ。フェリシア、少し激しくするよ」

「ふぁぁっ……」

レイナルドが上体を起こして、膝裏を持ち上げ太腿を鷲摑んだ。

ぬちゅぬちゅと卑猥な音を立てて腰が大きく波打ち、律動が大胆に加速する。

挿入を繰り返しながら吐き出される、獣の雄が興奮したようなレイナルドの熱い吐息。

彼もまた昂っているのだと思っただけで極みに達し、嬉しさに心までも蕩けそうになる。

しなやかな腰の動きはまるで振り子のように止まる事を知らず、容赦がない。

フェリシアは助けを求めているのか、強請《ねだ》っているのか、自分でも良く分からないか細い声をあげた。

吐精に向かう雄の欲望の激しさに圧倒されてしまう。

立て続けに最奥を責められ、ゴリゴリと抉るように掻き回される。

甘い快楽という毒に全身が浸され、心が浮かんでは沈んでいく。

「レイナルド、んっ、レイナルドっ、あぁ、なにか、きちゃう……ッ」

「この奥がイいのか?」

身体中が甘く痺れる。ぐずぐずに蕩かされた子宮口に、ずくりと灼熱の男根が沈み込み、引き抜かれては、また沈みこんだ。

敏感な奥を穿たれ、掻き回され、もうレイナルド以外何も考えられない。

二人でともにどこかに昇り詰めていくような愉悦に、頭の中が真っ白に染まった。

「んぁ、あ――、あぁぁっ――……」

大きく流れ込んできた快楽に全身がびくびくと痙攣する。

媚肉が今までにないほど雄茎をぎゅっと締め上げた。それがかえってレイナルド自身をまざまざと感じてしまうことになり、生まれて初めて深い恍惚《こうこつ》の波に呑み込まれる。

「く、フェリシア――っ」

レイナルドが半身を反り、肉槍でみぞおちを押し上げるように突き上げた。

骨の髄にまでレイナルドの肉棒の重さが伝わり、フェリシアはあっという間に絶頂の高みへと押し上げられる。

瞬間、びくびくと肉幹が胴震いし、火傷しそうなほどの熱い白濁が胎の中に降り注いだ。

レイナルドの艶を含んだ低く唸《うな》るような声がすぐ耳元でする。

――ああ、レイナルド、レイナルド……。

彼から与えられた至福の極みに、魂が歓喜の声をあげた。

それは、フェリシアの甘いよがり声だったかもしれない。

手足の先までが悦びに痺れ、意識までも果てのない恍惚の海原へと呑み込まれていった。

＊　＊　＊

「――シア？　眠ってしまったか」

レイナルドは長い射精が止むと、ゆっくりと名残惜し気にフェリシアから自身を引き抜いた。

フェリシアの身体から甘いジャスミンの香りが漂い、すぐに己の分身がむくりと固くなり苦笑する。

まるで十代の若者のような節操のなさだ。

もっとフェリシアを味わい、堪能したい。もう一度、いや何度でも、彼女の何処までも深く甘い海にこの身を沈め、欲を放ちたい。

湧き上がる欲望が、この身から留まることを知らずに溢れ出してくる。

レイナルドの雄はそう渇望してやまないが、フェリシアは今宵、初めて男を受け入れたのだ。

――今宵はゆっくり寝かせてやろう。

明日も明後日もどうせこの寝台で二人で過ごすのだから。

レイナルドはそう心の中で独り言ちた。

ローデンヴェイク王家の床入りは三日三晩に渡るのが習わしだからだ。

その間、食事と入浴以外、誰とも会わずにただ性交に耽る。愛欲を貪り続けるのだ。

彼女を堪能し可愛がる時間はまだたっぷりとある。

「シア、我が愛しい妃よ」

目の前に横たわるしなやかな肢体で散々快楽を貪ってしまったせいか、絶頂とともに意識が抜け、今はすやすやと眠りについてしまっている。

レイナルドは自身の腕の中に、フェリシアの肢体をすっぽりと包み込んだ。彼女の頬に指を当て、クリームのような肌を愛おしそうに撫でながら涙の後を拭う。

先ほど己を挿入した時に、フェリシアがパニックになり泣き出してしまったのには、正直生まれて初めて動揺し慌てふためいた。

抜いてほしいと言われたが、彼女の内側はレイナルドがこれまで感じたこともないほどの快楽の泉だった。

フェリシアの柔らかな襞がぴったりと絡みつき、滾《たぎ》る雄を天国の泉の底へと誘《いざな》っていく。挿入した途端に射精感が込みあげたほどだ。

途中で抜くなど、どうしてそんなことができようか。

彼女の蜜洞は十分に解したせいもあり、レイナルドの楔をなんなく受け入れているのだが、初めてのフェリシアは男を受け入れることに恐れをなしていた。

内心呻きながらも、なんとか彼女を落ち着かせ、安心させることが出来た時にはほっと安堵した、すぐそこまで欲が迸ってしまいそうなほどの射精感が幾たびも幾たびもせり上がっていたのだが。それを鋼《はがね》の意思でやり過ごし、彼女に口づけを送り続けた。

自分がたった一人の女性にこんなに翻弄されているなど、当の本人は知らぬのだろう。

フェリシアに言ったとおり、この腕に抱いて甘やかすのは昔もこれからも彼女だけだ。

腕の中で眠り姫のごとく寝息を立てているフェリシアを見つめ、レイナルドは誰にも見せたことがない甘やかな笑みを落とした。

夜明けには、また口づけで目覚めさせてやろう。それまで己の分身が持てば、の話だが。

レイナルドは、くつくつと密かな笑いを漏らす。

三日三晩、どのように愛してやろうか。

フェリシアとの蜜事を考えるだけでも愉しくてしょうがない。

——ようやく彼女をこの国に連れてくることが出来たのだ。

もともとローデンヴェイクの王である自分の婚約者は、彼女の姉、カトリーナ王女であったのだが、いつしかレイナルドはフェリシアに惹きつけられるようになっていた。

大人しく品行方正、淑女の鏡のようなカトリーナとは違い、彼女は感情表現が豊かだ。

冗談を言えばすぐむきになるし、淡雪のような肌が興奮でぽっと赤く染まる頬も可愛い。

きらきらと光る瞳は、エーデルシュタインのエメラルドグリーンの海のように輝いている。その肌は、ジャスミンの花びらと見まごうごとく滑らかだ。

彼女を目にするたびに、その肌を舐め溶かしている自分を想像した。己の楔で快楽に染め上げたいと思っていたとは、きっと知る由もないだろう。

これまでずっと自分を避けていたフェリシアへの悶々とした想いを回想する。

ある時、舞踏会で彼女の周りに沢山の崇拝者が侍《はべ》っていたことがあった。彼らと談笑するフェリシアの楽しそうな笑い声が聞こえると、レイナルドはその若造たちを一人残らず絞め殺したいと殺気立っていた。

彼女の小鳥のような甘い声も全て自分のもの。その声を聞いた男らの耳をどう削ぎ落そうか、嫉妬でそんなことまで考えた。

成長するに従い、彼女の纏うドレスも大胆になってきたのには内心、狼狽していた。キスを誘うような滑らかな首筋に、しなやかな肩が露《あらわ》になったオフショルダーのドレスは、上から見下ろすと胸の谷間の奥まで見えてしまいそうなほどだ。肌理《きめ》の細かい背中も丸見えだ。

あえてそんなドレスを好んで着ては、身の丈以上の大人っぽさを振りまいているように見えた。

レイナルドが申し込んだダンスは断るのに、他の男と楽しそうにダンスを踊っている。あまつさえ、その男たちが涎を垂らしながら、彼女の肢体を見つめていることに腹わたが煮えくり返った。男の慾に全く気が付かないフェリシアに、何度ぎりっと歯噛みしたことだろう。

カトリーナ王女と踊っていても、背中に目でも生えたのではないかと思うほど、フェリシアを意識していた。

もちろんカトリーナも王女の鑑のような女性なのだが、レイナルドが欲しいと思ったのはフェリシアだった。

むろん見た目だけではない。

いつだったか、フェリシアとカトリーナ両方に、レイナルドの国の特産品の中でも特に貴重な紅茶を送ったことがあった。

その礼状には、二人の性格がよく表れていた。

カトリーナは紅茶がいかに美味しく豊潤な味わいで、自分の心を満たしてくれたか。お茶の時間が楽しみになったと自身のことが書かれていたのに対し、フェリシアの手紙は違っていた。

こんな素晴らしい茶葉はどのように生産されているのか。

農場はどこにあるのか。どういった人たちが生産しているのか。その者達は豊かなのか。厳しい作業はしていないのか、一度、見学に連れて行ってもらえないだろうか、などなど、その茶葉を通して見えぬ農民に想いを馳せていた。

フェリシアは自分では気が付いていないが、王妃に相応しい資質を備えている。それもレイナルドがフェリシアを欲しいと思った理由の一つだ。

自分と同じ価値観で物事を見ることが出来る。

簡単に本心は人に見せず、誇り高くて意地っ張りなのだが、時々素直になるところが堪らなく愛らしくて可愛い。

それゆえレイナルドは早くからフェリシアの父王に、カトリーナではなくフェリシアを妃に迎えたいと内々に申し伝えていたのだが、彼女の父は首を縦に振らなかった。大国ローデンヴェイクの妃として第一王女のカトリーナが相応しいと拘《こだわ》っており、交渉は難航していた。

そんな折にカトリーナの喘息の病が発覚した。

フェリシアの父からようやく我が妃として、第二王女のフェリシアで……と変更の申し出があったのだ。

だがカトリーナの気持ちも無視したわけではない。

カトリーナがレイナルドの国に滞在中に、呼吸困難に陥るほどの症状に苦しんだせいか、彼女自身がこの国に嫁ぐことに自信を失ったのだという。

実は彼女からも直々に親書を受け取っていた。

自分はローデンヴェイクの土地は合わないこと、それに妹のフェリシアはずっと小さな頃からレイナルドを慕っている。きっと自分よりもレイナルドの妃として相応しい。そう記されていた。

姉は姉で、フェリシアのことをよく見て思いやっていたのだろう。

もちろんレイナルド自身も、誰に言われるまでもなく、フェリシア以外の女性を妻としてこの腕に抱くことは考えられなかった。

「我が心を知らぬは本人ばかり、か――」

フェリシアの少し汗ばんで乱れた髪を梳いてやる。――が、その時、寝台の脇に置かれている燭台の炎が風もないのに微かに揺れた。

レイナルドは枕の下に忍ばせていた短剣の鞘を抜き、気配のする方に向かって素早く放る。

ストン――、と壁に真っすぐに突き刺さった。

「――おっと、危ない危ない。私の運動神経が遅れをとっていたら命中していましたよ。我が君」

声の主は、扉の脇の壁に刺さった短剣を抜くと、恭しく捧げ持ちレイナルドに差し出した。

「ブライラス、お前か。無粋にも程がある。今宵は初夜だぞ」

「これでも宰相として、急ぎ陛下のお耳に入れたいことがありましたので」

レイナルドはフェリシアの首元まで肌が見えないようにきっちり毛布をかけると、寝台を出てローブを羽織った。

「それで？　動きがあったのか？」

乳兄弟として幼い頃から一緒に育ち、今はレイナルドの腹心の部下で宰相でもあるブライラスに向き直ると、フェリシアを起こさないように小声で言った。

「――はい、例の市中に出回っている『天国の扉』ですが、原材料となる植物が西方の隣国シュラルディンから密輸されていることが分かりました。国境沿いの山に、隠し場所と思われる洞窟をいくつか見つけました。裏で貴族が糸を引いているようです」

「――なるほど、な」

レイナルドは、腕を組んで沈黙する。

このところ、市中に中毒性のある媚薬「天国の扉」が出回っていた。事の始まりは高級娼館の娼婦が禁断症状を発症したことで露見したのだが、一度使うと次も使わずにはいられなくなる。

しまいには、それ無しでは性交だけでなく日常生活も送れなくなってしまうという代物だった。

いつしか食べることもしなくなり、常に幻覚を見るようになるという。ただ、ごく初期であれば薬で治癒することができる。

西方の隣国シュラルディンは、あまり豊かな土地ではない。大国ローデンヴェイクの国内で違法となっている媚薬を密輸でばらまき、不正な利益を得ているのだ。

「とりあえず、周辺の洞窟は山崩れに見せかけて崩しておきました。当面は大人しくなるかと」

「何か必ず動きがあるはずだ。秘密裏にシュラルディンと繋がっている貴族を一匹残らず突き止めろ」

「ですが、陛下はすでに目途をつけているのでは？　手をこまねいてないでさっさと引導を渡したほうが早いかと」

レイナルドが底冷えのする瞳で睨みつけると、臣下の殆どは恐れをなす。だが宰相のブライラスは平然と受け流して居直った。

「――ああ、はいはい。今動いても適当な理由ではぐらかされる恐れもありますね。言い逃れのできない確固たる証拠を握るようにいたします。自分からぼろを出してくればいいんですけど……。引き続き、探索を続行しますよ」

そう言いながらブライラスは、フェリシアに視線を走らせた。

「幸せそうな寝顔ですね」

「無粋な目で見るな。フェリシアが汚れる」

レイナルドはブライラスとフェリシアの寝ている寝台の間にぬっと割り込み、彼の視界からフェリシアを消す。

ブライラスでなければ、その存在さえも消していることところだ。

「減るもんじゃなし、ちょっとぐらい見ても良いじゃないですか。強引な貴方が手に入れるのに何年も手こずった宝を拝ませてくれても。でもまぁ、お陰でいいものが見られました。貴方もそんな蕩けそうな顔で女性を眺めるとは――」

「ブライラス、そこまでだ。死にたくなければ早くいけ」

「――はいはい、これで御前、失礼します。三日後は朝から会議がありますから寝坊しないでくださいね」

ブライラスは大仰にお辞儀をすると、来た時と同じように音もなく扉からすっと出て行った。

レイナルドはぎしりと寝台に腰かけ、フェリシアの柔らかで光沢のある黄昏時の髪をひと房、掬い上げた。

透明感のある絹糸のように柔らかく滑らかだ。

彼女の全てがレイナルドを魅了してやまない。

「やっと我が手に入った。——愛している、フェリシア」

この幸せがずっと続くように、レイナルドは宝石のように艶やかな髪に口づけた。

＊　　＊　　＊

「う——ん、んんん……」

初夜から何日目かの朝。

陽の光を瞼の裏に感じ、フェリシアが目覚めると見慣れぬ寝台の上に横たわっていた。

柔らかな日差しが天蓋のヴェールから木漏れ日のように降り注いでいて温かい。

猫のように伸びをすると、何処からか熱い視線が降り注いでいるのに気が付いた。

繻子《しゅす》織の薄手のローブを肩に羽織っただけのレイナルドに頭上から見つめられている。

「ひゃっ、レイナルドっ。あの、お、オハヨウゴザイマス……」

いつから見られていたのだろう。

フェリシアは慌ててかぶりを振り、眠気で朦朧とした頭をなんとか働かせた。

よく見ると裸のまま、レイナルドの脚の間で彼を椅子のようにして横たわっている。

しかも毛布さえも纏っていない。素っ裸のまま眠り込んでいたようだ。

流石にこの痴態《シチュエーション》は見るに堪えかねる。

フェリシアは慌てて足元で丸まっている薄掛を手繰り寄せようと手を伸ばした。だがそれより早く、レイナルドがフェリシアを引き上げて広い胸の中に包み込んでしまう。

「おはよう。まるで子猫のように愛らしい寝起きだな。生まれたままのそなたは我が国の神話の女神のように美しい」

レイナルドがふわりと微笑み、フェリシアの顎を捉えて唇を重ねてきた。

もう何度重ねあったか分からない唇は、あっという間にレイナルドの唇に柔らかに蕩けてしまう。

早朝からレイナルドに咥内を堪能され、あまつさえ女神のようだなどと賛美の言葉を囁かれて、頭が茹ったようにぽうっとなる。

フェリシアは自分で体験して初めて、このローデンヴェイクの床入りの真実を知った。

女官からはローデンヴェイクの初夜のしきたりとして、三日間、夫である陛下とともに過ごしてもらうと告げられていた。

それを聞いたフェリシアは誤解していた。

レイナルドも公務を休むと聞いて、夫婦水入らずでゆっくりと寛いで過ごすものだと思っていた。

まさか言葉どおり、三日三晩、昼も夜もレイナルドに寝室で愛され続けるとは思ってもみなかった。

もちろん、食事や睡眠、入浴はする。時間になれば、いつの間にか寝室の続き部屋にある湯殿に湯がたっぷりと張り巡らされ、お腹が減ったと思えば、テーブルに食事が用意されている。

初めて抱かれた後は、意識を失ってそのまま寝てしまったようだ。それでも明け方にレイナルドに起こされ、寝室の続き部屋にあるバスタブに連れて行かれ入浴させられた。

だが広いバスタブの中で、新婚の男女が二人でいてはただの入浴では終わらない。しかも精力的なレイナルドならなおさらだ。

温かな湯の中で、最初はレイナルドがフェリシアの身体の凝りを解してくれたのだが、違う敏感な所まで解されてしまう。

自分で身体も洗えないほど脱力すると、レイナルドは嬉々としてフェリシアの髪を洗い、体の隅々まで海綿のスポンジを使って綺麗にしてくれた。

しかも髪を洗った後は、薔薇の精油を混ぜたクリームで髪の毛や頭皮をマッサージしてくれる手の尽くしようだ。

その後は、フェリシアを柔らかなタオルで包んで身体を拭くと、軽々と抱き上げられ暖炉の前へと連れて行かれた。ゴブラン織りのラグの上で後ろから抱き込まれ、櫛で丁寧に髪を梳きながら乾かされる。

それが済むといつの間にか用意されていた軽食を食べさせられ、これまたいつの間にか清潔なリネンに取り換えられた寝台で、再び余すところなく貪られてしまっていた。

そのルーティンが、この三日間、延々と続いていた。

だがフェリシアがもう何度目か分からない絶頂で意識を手放して眠っていたとき、レイナルドは日課である早駆けの乗馬に出かけていたようだ。

夜明けに戻ったレイナルドの身体からは湯気が上気して、ほんのり馬の匂いが漂っていた。

すぐに浴室に消えてしまったので、夢かも分からない。でもそれが幻覚でなければ、レイナルドの体力は底なし――、絶倫すぎる。

それでも何度も抱かれ続けた身体は、レイナルドの色に染め上げられていた。

彼の体温を傍に感じただけで、途端に下腹部が疼いてしまう。

殆ど彼の腕の中で過ごしたことで、男らしい匂いがフェリシアの匂いと溶け合い、レイナルドの温もりが肌になじみ、無くてはならないものになっていた。

抱かれては眠り、眠っては抱かれる。

もう今が何時で、今日が何日目なのかもわからない。

目覚めるとレイナルドがあれこれと世話を焼いてくれる。

だが意外にもフェリシアは、レイナルドに甘やかされることに密かな喜びを感じ、その幸せを享受していた。

その行為は愛からくるものではないのかもしれない。

大人なレイナルドは、きっと女性を甘やかして世話を焼く事が好きなのだろう。

いわば愛玩動物のようなものだ。女官も言っていたではないか。

『フェリシア様は、陛下が可愛がっていらした子猫と似ていらっしゃいますわね』

『——子猫？』

『はい、数年前、この王城に赤毛の子猫が迷い込んできた事があったんです。猫や犬などには見向きもしなかった陛下が、その赤毛の子猫は寝室に入れて特に可愛がっていらしたんですのよ。フェリシア様の御髪《おぐし》と同じようなルビー色の赤毛の子猫で』

『まぁ……。その子猫は今はどうしているの？』

『……それが、ある日逃げ出したきり戻らなくて……』

女官は突然言いよどんだ。フェリシアはなぜ逃げたのか気になって聞いてみた。

実はレイナルドの猫好きを聞き及んだ他国の王族が、毛並みが雪のように白くて見目麗しい希少な子猫を献上したそうだ。

レイナルドは自分がいない時に赤毛の子猫が寂しくないよう、その白い子猫を寝室に連れ帰ったという。大事そうに自ら腕に抱きながら。

だが赤毛の子猫はその美しい子猫を見るなり、飛び出してしまったそうだ。

その時は大掛かりな捜索隊まで出し、レイナルドも自ら探し回ったのだが、結局逃げたまま戻ることはなく、たいそう落胆していたという。

レイナルドは今もその赤毛の子猫のことが忘れられず、同じ赤毛のフェリシアを可愛がってくれているだけのような気もしてきた。

よくレイナルドは子猫に例えてフェリシアを可愛がることがあるからだ。さっきも寝起きの自分のことを子猫のように愛らしいと言って目を細めていた。

まさかとは思うものの、実は姉の身代わりじゃなくて、猫の身代わりかも?

フェリシアは笑い出したくなった。

でも、それでもいい。

結婚前は事あるごとにフェリシアを子供のように揶揄っていたレイナルドだが、今は同じ揶揄うにしても、クリームのように甘ったるくて耳に居心地いい。

フェリシアがもしその子猫だったなら、レイナルドから逃げたりすることなど決してないだろう。

その子猫の気持ちが図り知れない。どうして逃げてしまったのだろう……。

「フェリシア、どうした?」

「——あ、ううん。なんでもないの」

フェリシアがレイナルドの口づけを受けながら、その子猫に思いを馳せているとノックの音とともに女官の声が響いてきた。

「おはようございます。朝食をお持ちいたしました」

レイナルドはキスの余韻たっぷりの水音をちゅっと響かせて唇を解く。

女官をドアの外で何時間待たせても全く意に介さない様子で、砂糖に浸したような甘い表情を浮かべてフェリシアをしばし見下ろしてから、その裸身を上掛で包む。

フェリシアを完全に包み終わると、ようやく「入れ」と短く返事をした。

彼女たちがチラリと二人のベッドを横目で見て顔を赤らめながら、広い寝室の一角にあるテーブルに朝食を並べていく。

ベーコンやオムレツにスコーン、ホットチョコレートの香りが漂い、お腹がくぅと鳴る。

思わず顔を赤らめると、フェリシアの唇にまたもやレイナルドからの口づけが降ってきた。

寝台の中は、天蓋から垂れる細《こま》やかなレースのヴェールに幾重にも覆われている。外からはよほど目を凝らさないと中は見えないはずだ。

それでもきっと口づけのリップ音は聞こえてしまっているに違いない。

三日間では愛し足りないと言わんばかりに、濃厚に口づけられる。

フェリシアは気恥ずかしくて上掛を顔まですっぽりと覆いたい気持ちでいっぱいだった。それなのにレイナルドはどこ吹く風。

気のすむまで口づけると、今度はフェリシアの頬を指先で撫でたり、ルビー色の髪を指に絡めたり匂いを嗅いだりして弄んでいる。

いくら寝台の中が見えないと言っても、朝から甘すぎじゃないだろうか。

レイナルドはやはりフェリシアが思った通り、女性と肌を重ねたり戯れたりすることが好きなのだろう。

でなければ、姉の代わりに妃となったフェリシアとたっぷりと睦みあい、こんなに甘く微笑むはずはない。

精力が旺盛な殿方にはよくあることだと、閨の指南をした女官から聞いていたとおりだ。

『レイナルド陛下は若く精力もおありになる。毎日のようにフェリシア様をお抱きになるでしょう。ですが無事に世継ぎが生まれれば、妃との閨はなくなり愛人をもうけることになるはずです。フェリシア様は王妃の威厳を損なわず、愛人ごときに目くじらを立ててはいけません』

そう教え込まれた。

世継ぎさえ生めば、夫が何人愛人をもとうが、将来の皇太后の地位は揺るぎなきものになる。時々、夫の遊びがすぎないよう釘を差せばいいのだと教えられたのだが――。

今はこんなにフェリシアに甘く愛情を注いでくれるレイナルドだが、いつしか他の女性の元に通うのだろうか。

夫が夜ごと自分以外の女性に愛を囁いているなんて、そんなことには堪えられない気がしてくる。その時、自分の心はどうなるのだろう……。

それを女官から聞いたとき、フェリシアは将来の皇太后の地位よりも、自分の心の方が大切なのではと疑問に思っていた。

素直に女官に問うと『まぁ、フェリシア様はお可愛らしい。まだまだお若くていらっしゃる』と笑われてしまったのだが……。

その時のことを思い出してフェリシアが瞳を曇らせたとき、女官の後に続いて、この国の宰相が入ってきた。

レイナルドの乳兄弟で、ローデンヴェイクの三大公爵の筆頭でもあるブライアス・オルレアン公爵だ。

彼は唯一、レイナルドに対等に意見することのできる腹心の部下だと聞いている。

青いジュストコートをすっきりと着こなし、クラヴァットの結び方も完璧で一分の隙も見せていない。

彼はきびきびと動いて寝台の近くにくると、まるでレイナルドが見えているかのように視線を真っすぐに投げかけた。

「陛下、もう三日も仕事をさぼって愉しんだのですから、さっさと朝食を食べて支度をしてください。今日は半刻後から他国との祝賀の謁見が詰まっていて、その後、王国議会も開かれます。ですが、お妃様はどうぞごゆるりと」

歯に衣着せぬ物言いに驚いたフェリシアだが、ブライラス公爵のお陰で、ようやく初夜から三日が開けたのだと知りほっとした。

これで三日三晩の性交——いや、床入りが終わったのだ。

だがレイナルドはちょっと肩を竦《すく》めただけだった。

「許しもなく勝手に王の寝室にずけずけと入ってくる奴は手打ちがいいと思うのだが、どう思う？　シア？」

レイナルドが耳元に熱い吐息を吹きかけた。どさくさに紛れてフェリシアの耳朶を甘噛みする。

「——んっ、や、それ、だめです。あの、もちろん行かなければ。貴方は王なのですから責務を優先すべきです」

耳を舌で揶揄われる擽ったさに耐えて言うと、レイナルドが上掛の下に手を滑り込ませてきた。フェリシアのこんもりした胸を包んで、やわりと揉みほぐす。突然の愛撫に思わず「ひゃん……っ」と小さな喘ぎが漏れてしまう。

「だが、私はもう少し戯れたいのだよ……。他国の謁見など、気が重いだけだろう？　そなたが望めば、謁見は取りやめよう」

ヴェールの外にブライアス公爵や女官がいるというのに、レイナルドは乳房の先端の小さな実をこりこりと弄んできた。

キュンと甘い快感が肌の上を走り、小さく全身を震わせる。蕾はこの三日間で散々あやされスグリの実のように赤く腫れてしまっているのに、感覚は愚鈍になるどころか、より鋭敏になっている。

背後から両手で乳房を包まれ、人差し指で両方の蕾をキュッと捏《こ》ねられては堪ったものではない。声を出してしまえば、淫らなことをされていると侍女や公爵に気づかれてしまう。

フェリシアは身をこわばらせて甘い愛撫に耐える。

「——陛下」

いつの間にか女官がいなくなり、ブライアスの半ば呆れた声だけが響き渡った。

「ブライアス、お前は全く無粋だな。朝食を食べてから半刻後に謁見室に行く。今は下がれ——」

それでも何か言いたそうなブライアスだったが、はぁっと溜息をついて寝室から下がっていった。

誰もいなくなり、フェリシアはほっと肩の力を抜いて起き上がろうとした。でもすぐに逞しい腕がにゅっと伸びて彼の胸へと引き戻される。

「——ひゃっ、レイナルドっ、な、なにを……っ」

「うん、朝食に甘い蜜を滴らせている果物を食べようと思う……、ほら」

背後から抱きかかえられ、足を開かされた。

レイナルドの指が腹を滑り、花びらをそっと割り広げる。

「あ……っ、や、ダメです……。朝からこんな」

「朝だからいいんだよ。ごらん、フェリシアのみずみずしい朝露が滴っている」

くちゅりと音を立てて蜜を掬い、レイナルドは花びらに蜜をまぶし始めた。指先がにゅるにゅると滑り、気持ち良さに一瞬、甘美な美酒に酔わされた気持ちになる。

「やぁ、だめ……、も、朝なのにぃ」

「朝食はこれからだ。私は可愛い李《すもも》に蜂蜜をたっぷりかけるのが好みなのだよ。だがこの体勢では味わえないな」

するとと何を思ったのか、レイナルドは抱きかかえていたフェリシアの背中をぽんと押した。突然のことに驚いて咄嗟《とっさ》に前のめりに手をつくと、寝台の上で四つん這いにさせられていた。

あろうことか、お尻をレイナルドに向けてはしたない部分をその眼前に晒してしまっている。

「い、いやぁっ……」

あまりの羞恥で逃げようとしたが、あっけなく尻肉を抑えられてしまう。

「逃げたら李《すもも》を味わえない。ああ……蜜をたっぷり溢れさせて美味そうだ」

くんくんと鼻を鳴らし、熱い吐息が尻の上をなぞると、フェリシアの背筋にぞわぞわした甘い怖気《おぞけ》が走り抜けた。

尻を突き出した格好でぶるりと震える。

レイナルドの武骨な指が花襞を割り、息を飲んだ時には、滴る蜜を舌で掬いあげられていた。大型犬がぴちゃぴちゃと水を舐めるように肉びらを蜜ごと味わい始めている。

レイナルドの舌は指よりも柔らかなのに、ぬめりがあって少しだけざらりとしている。この三日間で何度も味わされた感触なのに、羞恥のせいかどうしても物慣れない。

さらに尻を天上に突き出すような格好にさせられた。猫が伸びをする格好なのだが、フェリシアはシーツに顔を預けたまま身悶《もだ》えた。

レイナルドが感嘆の溜息を零す。

「ああ……、甘い匂いがぷんぷんしているぞ。桃色をした果物から蜜がとろとろ溢れて……堪らない。尻の孔も可憐な花が咲いているようだ。可愛い……」

「ひゃぁぁ――ッ」

レイナルドが蜜の滴る果物の汁を吸うように、花びらを舌でたっぷりと舐め解《ほぐ》し、蜜口から零れ落ちる甘露を吸う。しまいには後孔まで舌で嬲り始めた。

「やぁっ、そこ……だめぇ」

「恥ずかしがらぬとも良い。そなたの全てを可愛がってあげよう」

いやなのに、ゾクゾクして秘所が震える。

だめなのに、堪らない気持ちになってあられもなく尻を振ってしまう。

「レイナルド……、んっ、だめ、謁見が……。私も……、食べさせて……」

なんとか理性を引き戻してレイナルドに進言する。それにフェリシアも正直お腹がペコペコだった。

すると彼が意地悪く嗤《わら》う。

「この三日間、溢れるほどたっぷりと精を注いだのに、まだ足りぬとは……。貪欲な悪い子だ」

なにを勘違いしたのか、フェリシアがレイナルドを欲していると思ってしまったらしい。さらりとローブを落とす衣ずれの音が聞こえた瞬間、蜜口に熱い塊が触れた。

「さぁ、たっぷりと食べさせてあげよう」

「ひ――――ぁ……」

ぬぷぷ――と、反り返った太長いものがひと思いに挿入された。いきなりの圧迫感にすぐに絶頂を迎えてしまう。媚肉が一瞬で騒めき、歓喜に染まっていく。

「ああ、なんと極上の目覚めだ、フェリシア……」

背後からぬぷぬぷと突かれ、はしたない嬌声をあげさせられながら、フェリシアは再び忘我の極みへと連れられていくのだった。

＊　＊　＊

ようやくフェリシアがレイナルドから解放され、ちょうど湯あみを終えたとき、ドォン、ドォン、ドォン……と鼓膜を打ち破るような大きな音が響き渡った。

「きゃぁっ、今の音は何？」

フェリシアがびっくりしているのに対し、部屋付きの女官たちからは拍手が沸き上がった。

「王妃様、恙《つつが》ない床入り、おめでとうございます。この音は祝砲ですわ」

「祝砲？」

「ええ、軍事大国であるローデンヴェイクでは、慶事があると祝砲が打ち上げられる習慣があるんです。今日も国王夫妻の床入りが無事に終わったということを国民に知らしめるために、盛大に祝砲が打ち上げられたんですのよ。しかも同じ時刻にローデンヴェイク全土の砦で祝砲が打ち鳴らされます」

「ま、まさか、嘘でしょう……」

いったい女官たちは笑顔でなんということを言っているのだろう。

「いいえ、国民は皆、レイナルド陛下と王妃様の三日間の床入りが終わるのを今か今かと待ち構えていたんですよ。この祝砲を合図に、各家では親戚家族総出で美味しいお料理の並んだ食卓を囲んで、乾杯しながらお祝いをするんです」

それを女官から聞かされたフェリシアは、自分たちが三日間なにをしていたのか全国民に知れ渡ることになり、あまりの気恥ずかしさに消え入りたくなった。

だが、ローデンヴェイクの国民は王族をとても身近な存在として感じているのだそうだ。

どこの家庭もまるで自分の家族の祝賀のように、美味しい料理を並べて王の床入りを祝うのが習わしなのだとか。

「今日は城内でお祝いの菓子も市民らに配られますよ。それに街にも盛大な市が立つので、貴族も平民もこぞって繰り出します。こっそり見物に行かれてはいかがですか？きっと王妃様が頼めば、陛下も連れて行って下さるかと」

女官たちに勧められ、フェリシアはレイナルドのところに向かうことにした。

彼女たちに手伝ってもらい、デイドレスに着替える。フェリシアの瞳の色と同じ翡翠色のドレスだ。

黄昏時のようなルビー色、と言われる赤毛は、宝石をちりばめたお気に入りのリボンと一緒に女官に編み込んでもらい、片方の肩に下ろして垂らした。

密かに姉の美しさに少しでも近づけるような髪型はないかと日々研究を重ねた結果、フェリシア渾身の出来映えの髪型だった。

今朝のドレスの襟元は高く、喉のあたりまですっぽりと覆われている。そのため三日三晩に渡る口づけの痕もしっかりと隠されてフェリシアはほっとした。

着替えの時にも女官らが目ざとく気づき、レイナルドの寵愛ぶりに花を咲かせていた。

王族でも小国の王女であるフェリシアは、女官らに傅かれることに慣れていないが、大国ローデンヴェイクではこれが普通なのだろうか。女官たちの数がとても多い気がする。どちらかというと放任で育ったフェリシアは、レイナルドとの閨以外、どこにもぴったり張り付いている女官たちになんだか気を休める暇もなかった。

「さぁ、ご覧あそばせ」

女官が姿鏡にフェリシアを映して見せた。

――うん、やっぱりこのドレスも持ってきてよかった。

フェリシアは鏡の前で、くるりと回ると満足げに頷いた。

南方にあるフェリシアの国は、年間を通じで温かな気候のせいで、ドレスはほぼ薄手で肩が露出しているデザインが多い。

だが、ここ北方のローデンヴェイクに嫁ぐにあたって厚手で長袖のドレスを何着も新調した。

今着ているのは冬用の厚手の布地で、首をすっぽり覆い隠すようなハイネックのデザインになっている。レースの縁取りの着いた高襟が、フェリシアのほっそりした首を引き立てていた。

防寒の目的で用意したのだが、レイナルドの口づけの痕を隠すという、思いがけない一挙両得の役目も果たしてくれていた。

先導の女官や侍従らの後について巨大な王城の長い廊下と回廊をいくつも通り、ようやくレイナルドの執務室へと辿り着いた。

「さ、今はちょうどご休憩をとられているようです。私共は控えの間におりますので、どうぞ妃殿下は中へお入りください」

一緒に同行した侍従や女官たちは、レイナルドの溺愛ぶりをとっくに心得ているのか、執務室にはフェリシア一人で入るよう、やけに促してくる。

そこで押し問答しても無駄なので、フェリシアは素直に近衛兵が開けた扉の奥へと進むと、その中は広い前室になっているようだ。

前室と言っても、応接室といった方がしっくりくる。分刻みで執務に追われるレイナルドには、次々と打ち合わせや来客があるのだろう。

テーブルやソファーがいくつも置いてある。

ここはレイナルドの時間が空くまでの待機部屋となっているようだ。

前室の突き当りに扉があり、その向こうにレイナルドがいるようで、少しだけ開いていた。

フェリシアは仕事の邪魔をしてはいけないと思い、そっと近づいて扉の外から中を伺うと、ブライラス公爵のてきぱきとした声が聞こえてきた。

「陛下、今朝がたフェリシア妃殿下の父王から書簡が届いておりました。結婚の祝辞のほかに、第一王女カトリーナ様に代わり、第二王女フェリシア様を娶るにあたっての条件、エーデルシュタインの主要港の共同利用についてのお返事です」

執務室のやり取りに、フェリシアはどきっとした。

――レイナルドは私を妃に迎えるための条件を要求していたというの？

フェリシアは気づかれないよう、そっと扉に寄り耳をそばだてた。

「それで？　フェリシアの父王は何と？」

「はい、エーデルシュタインにあるアザレフ、ガントール、ヒンメルの三つの主要港ですが、湾口とその海域の共同利用を許可するのは、陛下とフェリシア様との間に世継ぎの王子が生まれてからお願いしたいとのお返事です」

「……まぁ、エーデルシュタイン王の言い分も分かる。我が国が共同利用とはいえ海に進出すれば、海賊だけでなく近隣諸国も警戒するだろうからな」

「はい、お二人の間に世継ぎができれば、エーデルシュタインとは外戚に当たりますから近隣諸国もいたしかたなしと思うでしょう。陛下が計画している海賊対策のための海軍の構築にあたっては、まずはフェリシア様と間に世継ぎを成していただくことですね」

するると、くつくつと笑みを漏らしたような、レイナルドの声が響いてきた。

「もちろん、一日も早く世継ぎが欲しい。床入りも三日三晩、子作りに励んだゆえ、そのうちすぐに子ができるだろう。二月後《ふたつき》には新たな祝砲を打ち上げているかもしれん」

フェリシアは幸せな気持ちから一転、暗闇に落とされたような気持ちになった。扉の影で胸に手を当て、妖しく騒めく気持ちを抑えようとする。

――つい今朝方までレイナルドが自分に甘く接してくれていたのは、こんな裏があったなんて……。

事実を知って心がきりきりと痛む。

レイナルドが第二王女の自分で我慢する条件として、父に港の利用を要求していたとは知らなかった。

もちろん、一国の王として条件を付すのは当たり前のことだ。

待ち望んでいた最高の贈り物から、何処にでもあるガラス玉を摑まされてしまったのだから。

それでもフェリシアはレイナルドを嫌いになることなんてできなかった。

子供ができればレイナルドも自分を心から愛してくれる、きっと、家族として慈愛に満ちた家庭を築けるのではないか……。

姉のカトリーナには叶わないが、そんな夢がいつか訪れるまで自分はレイナルドを愛そう。

フェリシアはいつの間にか眦に浮かんだ涙を拭い、二人に気づかれないようにそっと部屋を後にした。

その直後、ブライラス公爵が呆れた声を上げた。

「ですが、ちょっとはフェリシア様のお身体を考えてあげては？　いくら待ち望んでいたフェリシア様を手に入れたからといって、三日間も抱き潰してしまうなど、さすがにお可哀そうでは？　歴代の王の中で、本当に三日三晩まるまる寝室に籠っていたのはあなただけですよ。それに正直、港の利用などどうでもいいのでしょう？」

「まぁな。輿入れが第一王女から第二王女に変わったことで、フェリシアの父王が我が国に対して申し訳ないと思っているらしい。それゆえ、港の共同利用はエーデルシュタインから提案してきたことだ。そんな交換条件が無くとも、フェリシアを手に入れていたがな。――ああ、彼女を愛さずにはいられない。三日間、我が腕の中にいたフェリシアは想像よりも柔らかくていい匂いがして……」

レイナルドがうっとりと目を閉じると、ブライラス公爵の冷たい声が響いた。

「——陛下。朝から散々聞き飽きました。さ、午後は王国会議の時間ですよ。その前に貴族派の大臣らが謁見を申し出ています」

「まったく貴族派の顔を見るのは嫌気がさすな。ああ、そうだ。ブライラス、フェリシアに温室の薔薇を贈っておいてくれ。あのルビー色の薔薇だ。夜は彼女と一緒に食事をする。その後は公務を入れるなよ。よいな」

フェリシアの素晴らしさを朝からブライラスにとくと惚気《のろけ》ていたレイナルドが、さっさと議会を済ませて寝室に籠ろうと企んでいたことなど、フェリシアは知る由もなかった。

第二章　柘榴《ざくろ》の甘い罠

窓の外が一面の銀世界に変わる冬。

フェリシアがレイナルドの国ローデンヴェイクに嫁いでから、はや十か月が過ぎ去った。

南国生まれのフェリシアには経験したことのない寒さとなり、凍てつく冬を越せるだろうかと杞憂していた。

雪はもとより王城の窓には、いくつものつららが垂れ、屋外に半刻いるだけで睫毛までが白く凍るほどだ。

だが王城の中、特に寝室やフェリシアが日中寛ぐ場所は、レイナルドがとても気を遣ってくれて常に暖かく保たれていた。

それでも一度冷えると温まるのに時間がかかってしまう。そのため昼夜に渡って暖炉の火が絶えることはなかった。

おかげで城内では寒さなど殆ど感じないほど快適に過ごすことが出来ている。

それだけではない。こんなサプライズもあった。

特に冷え込んだ早朝のある日。

フェリシアは夜明け前にレイナルドに起こされた。眠い目を擦りながら連れて来られたのは、王城の裏手を少し進んだ所に広がる雪原だった。

夜が明けて太陽の光が降り注ぐと、驚くべき光景が目の前に広がった。

雪国特有の珍しい現象、雪原にきらきらと輝きながら氷が舞振る細氷《ダイヤモンドダスト》を見せてくれたのだ。

太陽の光を浴びた小さな氷の欠片《かけら》が、光の煌めく氷柱となり天に向かって真っすぐに伸びている。

フェリシアはあまりの神々しさに言葉を失い、感動してただ立ち尽くした。

しばし見惚れた後、白い冬毛のアーミンのコートにすっぽりとその身を包んだフェリシアは、細氷に向かって雪原を走り、子供のようにくるくると回りながらその幻想的な光景を楽しんだ。

あまりにはしゃいでしまったことから、周りにいたレイナルドの近衛兵たちもフェリシアの様子に思わず頬を緩めてしまうほどだった。

極寒の中にあっても美しく煌《きら》めく氷の結晶――。

来年の冬も、そしてその次の冬も、レイナルドと一緒に見ることが出来たなら……。

フェリシアにとってそれ以上の幸せはない。

レイナルドが命を賭すほどの愛ではなくてもいい。

寒い冬空から戻った時に、その身体を温める暖炉のような存在になれればいい。

自分が一緒にいることで、ほっと心休まる愛を育めればいい。

——そう願っていた。

今のところ、二人の結婚生活はこの上なく順調だ。

レイナルドが国境の視察などで城を留守にしない限り、王城にいる時は夜ごとフェリシアを抱いて眠ることが彼の日課になっている。

フェリシアは、レイナルドの吐精を受けるたびに幸せな気持ちが増えていく。

少女の時には知らなかった、男女の深い絆で結ばれていることがこの上なく嬉しかった。

レイナルドのためにも早く子供を身籠りたい。

そう思いつつも、十月《とつき》が過ぎてもなかなか子ができないのが最近の悩みだ。

親しくなったフェリシア付きの女官に、早く子供を授かる方法はないものかと相談すると、あっさりと受け流され真剣に取り合ってくれない。

「まぁまぁ、フェリシア様。そんな心配ご無用ですよ。毎夜のように陛下から寵愛を受けているのですから。そのうち神様が授けてくださいます。それに毎日、滋養のつくお薬湯も召し上がっていらっしゃいますし」

フェリシアが信頼しているこの女官は、輿入れした日から北国の寒さを心配してくれ、身体が温まり滋養にいいという薬湯まで用意してくれた、とても気配りのある女官だった。

希少な薬草を使っているようで、なんでも王宮に伺候する前に勤めていた公爵家から調達しているとのことだった。

「でも、一日も早く子供を授かりたいの。だってこの国では、婚儀から五年経っても王妃に世継ぎが生まれなければ、王は側妃を迎えると聞いたから……」

フェリシアが実は早く世継ぎを欲しいと思っている一番の理由はそこにあった。

このローデンヴェイクに輿入れして少し経ったある日、一人で城内を散歩していると洗濯場の方に迷い込んでしまったことがあった。

外でシーツを干している下働きの者たちのあけすけな会話がフェリシアの耳に届く。

「陛下は毎晩、王妃様を可愛がっているそうだね」

「一晩にシーツを五枚も取り換えるものだから、洗濯する身にもなってほしいね」

下働きの女性たちが一斉に笑いながら盛り上がり、フェリシアはいたたまれずにその場から立ち去ろうとした。だがその直後、信じられない話が耳に入る。

「それなら、ややこもすぐにできるだろうね」

「ああ、きっと側妃様を娶らずに済みそうだね」

側妃、という言葉にフェリシアの足が止まる。

——側妃ってどういうこと？　レイナルドが側妃を娶るの？

聞き耳を立てていると、フェリシアと同じように不思議に思った者がいたらしい。

「側妃様ってなぜだい？　王様には王妃様がおられるじゃないか」

「ああ、お前さんは新参者だから知らないんだね。結婚して五年たっても王妃様に世継ぎが出来ないと、この国の法律で王様は側妃様を迎えなきゃならない。お世継ぎを作るためにね」

フェリシアはレイナルドからも聞いたことがなかったので、その話にショックを受けた。

——自分が世継ぎを産めなければ、レイナルドが側妃を迎えることになる。

まだ新婚のフェリシアであったが、妙に胸騒ぎがした。

改めて女官に聞いてみると、確かにそういう法律があることが分かった。このローデンヴェイクでは、神と崇められる建国王から、百数代続く直系の血筋を尊んでいる。王の血筋を絶やさぬため、王妃に世継ぎが生まれなければ、法律により王は嫌でも側妃を娶る事になるという。

ただ、ここ数代の王妃は、皆、婚儀を挙げてから五年以内に世継ぎを生んでいるため、側妃を娶ることは稀なことだと話していた。

「フェリシア様は心配性ですわね。まだ結婚して十月《とつき》しか経っていないじゃありませんか。そんなに心配することはないですわよ」

女官はそう受け流すが、フェリシアは嫌な予感を拭えずにいた。

自分に世継ぎが生まれなければ、レイナルドは側妃を娶る……。

どろりとした感情が湧き、それが心の奥底に澱《おり》のように沈殿していく。

そんな気持ちを抱えていたある日。

フェリシアにとってずっと心待ちにしていた事が近づいてきた。

——レイナルドの誕生日だ。

結婚して初めてのレイナルドの誕生日を迎えるにあたり、フェリシアは贈り物を何にするかとても悩んでいた。

なぜならレイナルドからフェリシアの誕生日には、想像もしていなかった素晴らしい贈り物を受け取ったからだ。

なんとローデンヴェイクの絶景として名高い湖水地方にある、それはそれは美しい離宮だった。

フェリシアの母国の近くにあり、数代前の王妃が使ったまま古びていたのを美しく改装してくれたのだ。北方にある王都とは違い、その離宮がある場所は領土の南側に位置している。そのため、冬でも雪は殆ど降らず南国生まれのフェリシアにとってとても過ごしやすい気候だった。

母国とも近いせいか、郷土料理も似たような懐かしい食べ物が多い。

レイナルドと共に二週間ほど滞在したのだが、フェリシアのために心を尽くしてくれた贈り物がとても嬉しかった。

だが一国の王と違い、フェリシアには離宮など到底プレゼントできるはずもない。

何がいいかと思い悩んだ挙句、輿入れに持参した自分のお気に入りの宝石、ルビーの首飾りをブローチに仕立てなおしてプレゼントすることにした。

レイナルドが公的な行事で身に着ける、冬用のペリースという片掛マントを留めるためのブローチだ。

輿入れで持参した宝石の中では一番高価な宝石で、大きくはないが赤の色合いが深い。なんといってもフェリシアの髪の色を映したかのように、そっくり同じ色をしているのが気に入っていた。

それにルビーは古代から不滅の炎が宿り、勝利を呼ぶ石としても縁起がいい。持ち主をあらゆる危機や災難から守り、戦勝へと導いてくれるという石言葉が籠められ、ラトラナジュ（宝石の王者）とも呼ばれている。

だがそれ以外にもルビーには、フェリシアにとって最も大切な石言葉を宿していた。愛の象徴でもあり、深い愛情という意味が籠められているのだ。

それゆえ貴族の令嬢たちの間でも、人気の宝石だった。

恋愛成就を祈願して、恋占いの魔女の所に出かけて願をかけてもらう。お揃いのネックレスや指輪を恋する相手にプレゼントとして贈ることが流行っていた。

フェリシアはさすがに魔女に願掛けまではしないが、自分の愛情をこの石に籠めて贈ることにした。

今回は結婚してから初めてのレイナルドの誕生日だから、他にも何か特別なものをプレゼントしたかった。

ここローデンヴェイクでは、この国の貴族諸侯ら全てに招待状が送られ、王の誕生祝いに招かれると聞いている。宴の時には彼らがこぞって、王への贈り物を披露するのだという。

大抵はそれぞれの領地の特産品を献上する事が多く、貴族からの祝いの品は孤児院や教会に寄付されるらしい。

いわばチャリティーイベントなのだが、趣向を凝らした贈り物が多く盛り上がるということだった。

そして最後にメインイベントとして、皆の前で妃からの贈り物を国王に献上する習わしなんだとか。

それを聞いたフェリシアは必然と気合も入る。

――どこの誰の贈り物よりも、レイナルドに喜んでほしい。

フェリシアは仕立てなおした宝石だけではなく、そのブローチを留める片掛けマントもセットで用意することにした。

しかも自分でそのマントに心を込めて刺繍《ししゅう》をしようと思い立つ。

繻子の生地に色糸を複雑に織り込んだブロケード織のマントに、細い金糸でローデンヴェイクの紋章を刺繍する。

何度も悩んでは、ようやく自分で考えたデザインの図案を決めた。特別に注文した生地も仕立てが出来上がり、いよいよ刺繍を始めることになったのだが、どうしてもステッチが難しくて上手くいかない。

糸を刺し進めては解いての繰り返しだった。

刺繍は貴族の令嬢の嗜《たしな》みではあるが、実を言うとフェリシアはあまり得意ではなかった。

どちらかといえば姉の方が刺繍やピアノが得意で、フェリシアは乗馬やダンスなど、身体を動かす方が好きだ。

それでも結婚して初めて迎えるレイナルドの誕生日には、心を込めた手作りの贈り物がしたい。

たっぷり余裕を見たつもりだが、何度もやり直していたせいか、このままではレイナルドの誕生日に間に合わない可能性が出てきてしまう。

そこで女官の勧めもあって、この国一番の刺繍の名手と言われる貴族の令嬢に教えを請うことになった。

今日は三回目の刺繍のレッスンの日だ。

「ザビーネさんはもうすぐ来られる？」

午後の刺繍の約束の時間が近くなると、フェリシアはそわそわし出した。

フェリシアが誕生日に間に合わないと気を揉んでいると、女官が紹介してくれたのは、三大公爵のひとつ、ギラー公爵の愛娘であるザビーネ令嬢だった。

彼女は若いながらもとても美しい刺繍の腕前を持っているという。

早速、彼女に宛てて手紙を書き、難しいステッチを教えてもらえないか打診をしたところ、心よい返事が届いた。

彼女はフェリシアよりも三つ年上で、同年代ということもあり気さくで話しやすかった。刺繍をしながらいつの間にか話も弾み、毎回楽しい息抜きの時間を過ごしている。

この国に来て初めて、姉のように思える友人ができた。

ただ不思議なのは、彼女はすごく美しく高貴な家柄の公爵家の令嬢であるのに、いまだ未婚ということだった。

たとえフェリシアでも流石にそのようなことを聞いては無礼に当たる。

「ただいま参りました、フェリシア様。お待たせして申し訳ありません」

来客用の畏まった応接間ではなく、フェリシアのプライベートな居間にザビーネ令嬢が入ってきた。

フェリシアを見てにこやかな笑顔を向けて、優雅にお辞儀をする。

艶やかな美しい黒髪をアップに纏め、シックな紫の洗練されたドレスを纏っている。ザビーネは儚《はかな》げなフェリシアの姉とも違い、しっとりした芯の強そうな美人だ。

女官が言うには、レイナルドに婚約者がいなければ、三大公爵の令嬢である彼女がお妃になっていたのではないかと言われていたそうだ。

「まぁ、そんなことないわ。私の方こそ、急かしてしまったようでごめんなさい。どうぞお座りになって。前回、教えていただいたステッチで進めてみたの。どうかしら？」

フェリシアは早速ザビーネに椅子を勧め、マントを取り出し前に教えてもらった箇所を確認してもらう。

難しいステッチだったが、ザビーネが目の前で何度もやって見せてくれたおかげでコツを摑み、一人でもなんとか進めることが出来たのだ。

目の前でお手本を示してもらえると、のみ込みも早い。

今まで刺繡の本とにらめっこしながらだったのが、あっという間に半分が完成してしまう。

「まぁ、フェリシア様、すばらしいわ。綺麗なステッチで刺繡ができていますね」

「ザビーネさんが目の前でお手本を見せてくれたから……。ザビーネさんを紹介してくれた女官に感謝しないと」

「ふふ、王城に伺候している女官は、フェリシア様の輿入れにあたって我が公爵家から何人か差し遣わせたんです。今まではレイナルド様お一人だったでしょう？　フェリシア様付きの女官が足りないと進言して、我が公爵家から気の利く女官を増員したんですの」

「まぁ、そうだったのね。どの女官もとても親切にしてくれるの。心強いわ」

なるほど、どうりでどの女官もザビーネを称賛していた筈だと思ったが、その称賛以上にザビーネの刺繡の腕前は素晴らしいものだった。

それに刺繡が上手だからと言って高飛車なところが一つもない。

根気強く、フェリシアが難しいステッチを覚えるまで付き合ってくれたのだ。

「刺繡以外でもお困りのことがあったら、遠慮なく私に相談して下さいね。殿方では気が回らないことが多いですから。そうそう、寝室のタペストリーの千の花も気に入ってくださったかしら？」

「えっ？」

フェリシアはなぜザビーネがレイナルドとの寝室の事を知っているのかと思って、驚いて顔を上げた。

「ああ、誤解なさらないで。実はフェリシア様のお輿入れ前に、レイナルド様から直々に相談されたの」

「レイナルドから？」

「ええ、フェリシア様と同年代の女性が好みそうな内装にしたいから、助言してほしいと相談があったの。そこで陛下の寝室を拝見させてもらいましたら、壁は石造りですし家具もいかめしいものばかり。味気ないものでしたので、若い女性に人気の家具やファブリック、窓に飾るタペストリーを僭越ながら私が選びましたの……」

なんとなく胸にもやっとしたものが湧き上がった。

フェリシアは、レイナルドが自ら選んでくれたと聞いていたからだ。

夫婦の寝室の内装が、違う女性の選んだ物だと思うとなんだか居心地の悪い気がする。

それでもザビーネが悪いんじゃない。

乙女心の分からないレイナルドのせいだ。

他の女性に選ばせるなら、私が来てから直接聞いてくれてもよかったのに……。

「まぁ、ごめんなさい。もしかしてお気を悪くされましたか？　レイナルド様がフェリシア様のお輿入れをとても楽しみにされていて、フェリシア様には来てすぐに心地よく過ごして頂きたいと仰っていたんですよ」

「も、もちろん、気を悪くするなんてそんなことはありません……。すごく美しくてどれも気に入っています。とても洗練されていて……」

「まぁ、よかった。殿方は女性の好みに疎いですから。フェリシア様に気に入ってくださって嬉しいわ」

とても嬉しそうにしているザビーネを前に、否定的なことは言えるはずもない。ましてや、取り換えでもしたらきっと女官を通してザビーネの耳に入り、気を悪くしてしまうだろう……。

二人が親密になる空間に、違う女性の存在を感じる気がして、嫌な気持ちが湧いてくる。

こんな風に思うのは私だけ？

でもレイナルドもザビーネもよかれと思ってくれたのだ。フェリシアは敢えてそのことを考えないようにした。

「フェリシア様、大変ですわ。陛下がまもなくこちらに参りますわ」

「まぁ！　大変、マントを隠さなくちゃ……」

女官に突然のレイナルドの訪問を告げられ、フェリシアは刺繍途中のマントを大きな籠の中に慌てて押し込めた。

自分がマントをプレゼントすることは、誕生日の宴まで内緒にしているからだ。

すぐに扉が開き、レイナルドが上機嫌で部屋に入ってくる。

「愛しのフェリシア、なにやら楽しそうだね」

レイナルドがフェリシアの側に来て、唇に軽く口づけをしたあと、ザビーネに向き直った。

「ザビーネ、よく来てくれた」

当然のごとくザビーネがほっそりした手を差し出すと、レイナルドがその手の甲に口づけをする。

挨拶のキスだというのに、なんだかフェリシアは落ち着かない。

二人は昔から知っている者同士特有の親密な距離感があるような気がした。

「フェリシア様が親切にもお茶に誘ってくださったの」

「冬はなかなか外に出る機会が少ない。時々そなたがフェリシアの話し相手になってくれると嬉しい」

「ふふ、私たち、もうすっかり意気投合していましてよ。陛下の入る隙はありませんことよ」

並び立つ二人は、まるで夫婦のように見えなくもない。

大人っぽい印象のザビーネとレイナルドは美男美女でお似合いに思えてしまう。

――ううん。何を馬鹿なことを考えているの。

ザビーネは私に刺繍を教えてくれるために来てくれたのに。そんな風に思うなんて失礼だ。

それでもフェリシアの心に広がった薄曇りは、すっきりと晴れずにいた。

＊　＊　＊

「これでよし……」

いよいよレイナルドの誕生祝いの宴の夜。

昨日完成させたばかりの片掛けマントはヴェルヴェットで裏打ちされた箱の中に、皺にならないよう丁寧に折りたたんで詰めた。装飾の施された美しい蓋を閉め、紺に金の模様の入ったリボンで美しく結ぶ。

仕立てなおしたルビーのブローチも、精緻な彫模様の入った銀の小箱に入れて準備万端に整えた。

幸い今日までレイナルドには、贈り物が何かは気づかれてはいない。

レイナルドもフェリシアが何か用意しているとは分かっていても、敢えて聞いてくることはなかった。レイナルドも宴で披露されるのを楽しみにしてくれているのだろう。

贈り物の中身を知るのは、近しい女官と刺繍を教えてくれたザビーネだけ。身に着ける衣服は、身近な家族にしか贈らないのが通例だ。だから他の貴族と贈り物が被ることもないだろう。

「ではフェリシア様、陛下への贈り物をお預かりいたしますね。宴の会場にご用意しておきますわ」

「あの、くれぐれも無くさないようにね」

フェリシアが三月《みつき》がかりでようやく仕上げた贈り物だ。なんとなく心配になって思わず女官に声を掛けると、心得ていますからフェリシア様はお着替えをなさって、と急かされた。

今日のレイナルドの誕生日は、王都にある大聖堂で国王と王妃が拝礼したあと、夕方の王宮主催の舞踏会に始まり、大広間での正餐の宴へと続く。

そこで宴の余興としてレイナルドへの贈り物の数々が披露されることになる。

フェリシアは早速、式典用の礼服である白いサテンのドレスに着替えるために下着姿になり、侍女たちにコルセットを締めてもらった。

ちょうどコルセットを締め終わった時、扉が開いてレイナルドが入ってきた。

すでに正装に着替えたらしく、白いサテンに金糸の装飾や宝石がふんだんにあしらわれたジュストコールを身に纏い、凛としながらも華麗ないで立ちだ。

「まぁ、陛下。フェリシア様はお着替えの最中ですので……」

女官らがやんわりと制してもレイナルドは気にも留めない。

それどころか手で下がるように指示すると、数人いた女官達はお互いに顔を見合わせながらも揃ってお辞儀をして出て行った。

――なにか緊急の用事でもあるのだろうか？

「レイナルド、どうし……んっ」

フェリシアが紡いだ言葉は、レイナルドの唇に吸い取られた。

たちまち深く口づけられ、咥内を肉厚な舌に蹂躙《じゅうりん》される。

昨夜も幾度となく睦みあったのに、レイナルドはやはり女性と舌を絡め合ったり肌を重ね合うのがよほど好きらしい……。

自分への愛情から来る行動ではないと分かっている。レイナルドは精力が旺盛で男の欲が強いだけ。

そう思っていてもフェリシアの身体は従順で、レイナルドにあっさり蕩けてしまっていた。

「レイナルド……、だめ、ドレスを着えないと……」

それでもフェリシアはなんとか理性を総動員する。

このままエスカレートすると、レイナルドにすっかり裸にされかねない。コルセットをまた女官に締めなおしてもらうのは、何をされたか明白で恥ずかしすぎる。

「コルセットの紐は解かないから安心しなさい。少しだけ花の蜜を吸いに来ただけだよ」

フェリシアの心の内を見透かすようにレイナルドが目を細めて、ふ、と笑う。大人の男の色香を醸したその表情にどきりとしていると、レイナルドが耳元に唇を寄せてきた。

「いい子だ、そのままじっと立っているんだよ」

するとレイナルドが、コルセットをきつく締めたせいで、半ばはみ出している乳房や細い腰へと口づけを降ろし、しまいには膝立ちになってシュミーズを捲《めく》り上げた。

「な……、レイナルド、やめて、なにを……」

　彼はこれから教会で神に拝礼するため、最上位の礼服を纏っているというのに、神にではなくフェリシアに国王が跪《ひざまず》くなどありえないことだ。

　だがフェリシアのそんな狼狽も、レイナルドは意に介しない。

「言ったろう。花の蜜を吸わせてもらう。今日は晩餐も遅くまで続くからね。栄養補給だ」

「え、栄養補給って、ひゃぁぁんっ」

「ほら、この裾を口で加えて」

　シュミーズの裾をフェリシアに咥えさせると、レイナルドが開いたドロワーズの中心に唇を寄せた。

　柔らかな和毛をレイナルドの唇が擽るとそれだけでじわりと蜜が溢れ出る。

　蜜が垂れれば下着を汚してしまう。レイナルドの礼服をも汚してしまうかもしれない。

　フェリシアが足を閉じようとすると、レイナルドの逞しい手に阻止されてしまう。

「今夜は長いからな。その前に少しだけ夢見心地の時間をあげよう」

　太腿を抑えつけられ、熱い吐息が秘所に触れる。閉じた花弁を親指で割り開き、長い舌が伸びて花びらをねぶりはじめた。

「ひぁっ……、あぁっ――……」

　生温い舌がぬるぬると蠢く。なめくじのように這う感触がおぞましくもあり堪らなく気持ちいい。

一瞬で下肢から力が抜け落ちてしまう。

蜜口から滴る甘蜜を絡め、秘溝をなぞりあがり、まだ熟れていない秘玉を舌でくりくりとあやす。

次第に秘玉がぷっくりと熟れて敏感になった。レイナルドにその形をなぞられただけで、蕩けるような快感が押し寄せて足元が掬われそうになる。

立っていられなくなり、背後にあったサイドテーブルに手をついて崩れ落ちないようになんとか踏ん張るも、膝に力が入らず心もとない。

こんな昼間から女官たちを退けて淫らな行為に走るなんて、なんて背徳的なのだろう。

フェリシア自身の乱れた喘ぎや吐息、レイナルドの舌が奏でる厭らしい水音に理性がのみ込まれ、夢うつつの状態になる。

コリコリになった突起を甘く愛でられ、口の中でしゃぶられる。フェリシアはあまりの気持ち良さに、猫のような声をあげては切れ切れに喘ぐ。

開かれ剝き出しにされた突起は、まるでフェリシアの全てを曝《さら》け出されたかのように無防備だ。

「ふ……、可愛いな」

長い舌が敏感な部分を舐め擽っていく。

まるで雌を悪戯《いたずら》に嬲っている獣の雄を彷彿とさせてぞくぞくする。舌のひらで蜜ごと花弁を味わい、淫芽を唇で咥えこんでは絶妙な加減で吸い上げる。

抗えない愉悦がせり上がるも、気持ちよさげに白い喉を逸らせて、ただいやいやと首を横に振る。

甘い責め苦から逃げたい半面、このまま底なしの快楽に身を落としたい気持ちが湧いてくる。

フェリシアの本能はその先に行かせて欲しいらしく、レイナルドに甘えたような声を出す。

「レイナルド……、んっ、レイナルド……ッ」

「いい子だ……、愛しいフェリシア」

レイナルドの掠れた声が耳に心地いい。ずっと何度でも聞きたいぐらい、色香がのった声にどきどきと胸が高鳴る。

「ここが好きか?」

舌先で淫核をとんとんと触れられ、じぃんと熱い疼きが湧き身を震わせた。

フェリシアはシュミーズを咥えた歯を食いしばり、声も出せずに腰をヒクつかせる。

それが催促しているようで羞恥に顔をかっと赤らめるが、レイナルドは薄っすらと忍び笑いを漏らした。

「我が妻は、色事には素直で宜しい。可愛くてもっと虐めたくなるな」

すると何を思ったのかレイナルドが立ち上がり、フェリシアをくるりと反転させた。

「どうやら私も夜まで待てそうにない。そのまま声を出さずに我慢していなさい」

背後からうなじに熱の籠った吐息が吹きかかる。

ぞくっとした瞬間、男の前立てをくつろげるような衣ずれの音が響き、後ろから逞しい剛直が脚のあわいに入りこんできた。

「ひぁぁっ……」

瞬間、シュミーズの裾をはらりと落としてしまう。

「しっ、あまり大きな声を出すと扉の外に聞こえてしまうよ。ドレスを汚さないよう中には出さないから安心しなさい」

尻肉を少しだけ割り、レイナルドが自身の昂りを花襞に擦りつけるように押し入れた。濡れそぼった襞の間を太い幹がぬちぬちと行き来する。花襞が嬉しそうに太茎に纏わりつき、触れた部分に灼けるような熱が灯る。

フェリシアは尻を突き出し、壁に縋《すが》りつくような格好でふるっと身を震わせた。

反り返った亀頭の先が、ヒクついた花芽をぐりっと捏ねる。間髪を入れずにヌチュヌチュと穿たれ、腰骨が砕けそうなほどの快感が背筋を這い上ってきた。

「あ、ひぁぁっ……ん」

――もうだめ、もうだめ……。

フェリシアは全身を戦慄かせながら熱い絶頂に駆け上る。

レイナルドの息も荒くなり、抜き差しも激しさを増した。

フェリシアが達したばかりだというのに腰の動きは止まる気配はない。秘溝を抉るよう

に前後する肉茎は、レイナルドの興奮を表しているのか、さらに太さを増し脈打っている。

卑猥な水音が濃厚な粘着音に代わり、二人の淫らな交わりは淫猥さを増していく。肉棒は襞のあわいを隙間なくみっちりと埋め尽くし、蜜を纏いながらぐちゅぐちゅと媚肉を掻き回す。

気が付いたときには、断続的な甘い声を上げていた。

レイナルドが腰を揮いながら、うなじに赤い痕をつけている。淫猥な性戯に耽る二人の体温が上がり、部屋の空気が濃蜜なものに変わっていく。

蜜口の奥がヒクヒクしてやるせない。

いつものように中に欲しくて、肉棒の切っ先に蜜口をあてがうようにお尻を動かすと、うなじにカリっと嚙みつかれた。

「やぁっ……んっ」

「悪い子だ。今は我慢しなさい。中は夜のご褒美だよ」

レイナルドが長い幹を余すところなくたっぷりと擦りつけていく。雁首が張りつめ、硬くなった幹に吐精の兆しを感じ、秘芯がじんじんと疼きだす。

ひとりでにつま先立ちになり、尻を突き出してレイナルドの熱を脚の間できゅっと強く喰い締めた。瞬間、体中が痺れるようにきゅんと戦慄く。

レイナルドから獣のような唸り声がして、雄茎の切っ先がビクビクと胴震いした。

肉棒が灼けるように熱い。フェリシアの身体も蕩けそうになる。

「——くっ、射精《で》るっ」

レイナルドの熱い息とともに、肉棒がどくりと爆ぜた。

レイナルドは己の手で亀頭を包み、灼熱の迸りを受け止めながら腰を震わせている。達しているレイナルドの体軀をまざまざと感じ、フェリシアもぞくっとして甘い愉悦の波に襲われた。

いつもながらレイナルドの吐精に圧倒されてしまう。眩暈《めまい》がするほど、その雄臭さに濃厚に酔う。

結局、部屋には隠しがたいレイナルドの濃密な香りが漂い、ほどなくして入ってきた女官らが顔を赤らめることとなったのだが、レイナルドはひとりすっきりした顔で我が妃の着替えを頼むよと、部屋を後にした。

＊　　＊　　＊

数刻後、ローデンヴェイクの王城、『祝祭の間』と呼ばれる大広間では、王の生誕を寿《ことほ》ぐ晩餐の宴に貴族や諸侯、その家族らが集い賑わいを見せていた。

大理石の床は鏡のように艶々とし、仰ぎ見る壁には初代国王の勇猛果敢な戦の絵画が冠され、その周りを縁どる黄金の額縁には美しい彫刻が施されている。

大広間の天井は端から端までクリスタルの豪華なシャンデリアが幾重にも吊り下がり、

眩い光を放っていた。

とりわけ黄金の鎧を纏った戦士の彫像が壁際にずらりと並んでいる様子は壮観だ。ローデンヴェイクの権勢をそのまま映したような豪華絢爛《けんらん》な大広間に、さすがのフェリシアも驚きに目を瞠る。

隣国ではあっても、ここローデンヴェイクの国土はフェリシアの母国の三倍はある。改めて大国の栄華を見せつけられた気分になった。

正面の玉座には威風堂々としたレイナルドが座り、その傍らにフェリシアも並んでいる。でも本来、貴族らが見上げていたのは姉だったかもしれないと思うと、どうにも落ち着かず、フェリシアは忙《せわ》しなげにドレスを撫でつけていた。

でも、そんな杞憂をしているのはフェリシア一人らしい。

見渡す貴族らのテーブルには、趣向を凝らした肉や魚料理に暖かなスープ、色とりどりのデザートのほかにも蔵出しワインなど数々の宮廷料理が饗され、どの貴族も楽し気に舌鼓を打っている。

国中の貴族が招待されたとあって、賑やかな雰囲気で宴が進んでいた。

また食事と並行して国王の誕生日恒例の余興、贈り物の献上も始まっていた。

貴族らが順番にレイナルドの前に進み出でて祝辞を述べ、誕生祝いの献上品の目録が読み上げられる。

贈り物の殆どは、孤児院や病院、教会に寄付されて人々に還元されることになる。だが、爵位が公爵以上になると、献上品が王の目の前でお披露目され、レイナルドから直々に謝辞を賜る習わしだ。

「フェリシア、楽しんでいるか？」

「はい、ローデンヴェイクは穀倉地帯も豊かですし、産業も盛んなのですね」

ワインを飲んで上機嫌なレイナルドがフェリシアに微笑んだ。

どの貴族の献上品も、それぞれの領地の特産品や趣向を凝らした品物で、なかなかに興味深い。輿入れしたばかりのフェリシアにとって、貴族の名前とその特産を結びつけるいい機会となった。

「それでは次に、三大公爵ブラウンシュバイク公からの贈り物にございます」

いよいよ余興も佳境に入り三大公爵からの献上品の披露となる。

まずはブラウンシュバイク公爵がレイナルドの御前に進み出た。恰幅のいい気の良さそうな白髪の好々爺だ。

「ブラウンシュバイクは国土の南に領地があり、絹の養蚕をはじめ織物が特産品なんだ」

レイナルドが耳打ちして教えてくれたとおり、ブラウンシュバイク公爵の贈り物は、艶やかな光沢を放つ数々の絹織物や精緻なレースなどだ。それらの品々が召使いに捧げ持たれ、レイナルドの眼前に披露される。

あまりの美しい織物に貴族達から感嘆の溜息が漏れた。

「ブラウンシュバイク、素晴らしい贈り物に感謝する。美しい絹織物で早速、我が妃の麗しい身体を包むドレスを仕立てることにしよう」

それを聞いてフェリシアはぎょっとする。

レイナルドへの贈り物なのに自分のドレスを仕立てるなんて失礼に値するのではないか。

「だめよ。レイナルドへの贈り物なのに私のドレスなんて……」

「そんなことはない。なぁ、ブラウンシュバイク？」

「怖れながら、女神のように美しいお妃さまのドレスとして仕立てていただければ、我がブラウンシュバイク一族は、この上ない栄に浴し身に余る光栄に存じます」

勿体つけてフェリシアにお辞儀をし、片目をつぶって見せる。

王であるレイナルドが喜ぶことが、一番の贈り物、という事らしい。

フェリシアもありがたくブラウンシュバイク公爵に御礼を述べた。

「次なる献上の品は、三大公爵ブライアス・オルレアン公爵からでございます」

文官の声が響き渡り、レイナルドの右腕であり宰相を務めるブライアスが進み出でた。

「さて、ブライアスは我が妃を喜ばせる品を持って参ったか？」

「……怖れながらお妃様を喜ばせるのは、レイナルド陛下以外にはいらっしゃいません。ゆえに、いつもながらのありきたりの品でございます」

「なるほど、口の達者なやつだ」

ブライアスの献上品の一部がレイナルドの御前に並べられていく。

「冬用の軍馬が五十頭、鉄剣百本、鎧百領、大砲十門にございます」

文官が目録を読み上げると、レイナルドが満足そうに頷いた。

「ふ、ブライアスらしい味もそっけもない献上品だ。だが感謝する」

レイナルドはフェリシアに、ブライアス公爵は代々戦で功績を上げてきた家門で、軍馬の育成も行っており、王国軍の中心的な存在なのだと教えてくれた。

なんだかんだ言いつつも、信頼を置いているのだろう。

「これ以外にも実は贈り物がございます」

そう言ってブライアスが手ずから引いてきたのは真っ白な馬だった。

その馬を見たフェリシアは、一目惚れでもしたような声を上げる。

「まぁ、なんて美しい馬なの」

思わず席を立って、馬に近寄る。

近くで見ると白い毛並みはまるで雪のように煌めいていて、身体中に新雪をまぶしたようだ。

「フェリシア様、この馬はぜひ貴方様に。スノーホワイトと申します。夜道も雪道もものともせず走りますよ」

「スノーホワイト……。なんて可愛い子なの……。でも、こんな高価な贈り物は頂けないわ」

「フェリシア、いいから貰っておけ。それはブライアスからそなたへの賄賂《わいろ》だ」

レイナルドも隣にやってきて、ブライスを苦々しく見つめた。

「賄賂？」

「ああ、きっとフェリシアを懐柔して私に言うことを聞かせようと企んでいる」

「おや、陛下。人聞きの悪い……。そんなことはありませんよ、フェリシア様。去勢済みですし、どこかの誰かと違って大人しく賢い子ですから可愛がってあげてください」

にこやかにフェリシアにお辞儀をしたブライアスをレイナルドがぎろりと睨む。自分が最初にフェリシアに馬を送りたかったのにと、捻くれたレイナルドをなんとか宥めて二人は席に戻った。

ブライアス公爵はレイナルドの従兄にあたるせいか、いつも歯に衣着せぬ物言いでヒヤリとする。とはいえ近しい血の繋がりがあるせいか、三大公爵の中では兄弟のように絶大な信頼を寄せられている。

「それでは最後に三大公爵であるギラー公爵からの献上の品でございます」

フェリシアは興味津々で、進み出たギラー公爵に目を向けた。

彼はフェリシアに刺繍を教えてくれたザビーネ公爵令嬢の父でもある。洒落た感じにクラヴァットを結び、銀灰色の混じった髪を後ろでリボンで一つに結んで纏めていた。

一見、品の良いロマンスグレーの紳士だった。

――まぁ、ザビーネさんのお父様は、お優しそうね。

フェリシアが公爵家のテーブルにふと視線を向けると、ザビーネと目が合った。いつもながら黒く艶やかな髪を結い上げ、真珠をふんだんに使った首飾りやイヤリングが白皙《はくせき》の肌によく似合う。黒のレースをあしらった高貴な紫のドレスを優雅に着こなし、えもいわれぬ色香を醸し出していた。

ひときわ美しい姿にフェリシアでさえ、溜息が零れそうになる。

フェリシアが微笑むと、ザビーネが意味深に赤い唇を引き上げた。

なぜだかその仕草が毒々しい感じがして、嫌な予感がふと胸をよぎる。

——なぜだろう。

昔から嫌な出来事の前に胸騒ぎを覚えることが多かったが、今まさにそういう状態になっている。

それでもフェリシアはかぶりを振った。

——ううん。ちょっと緊張しているだけ。

ギラー公爵の後は、いよいよ居並ぶ貴族たちの目の前で、フェリシアがレイナルドに贈り物を披露する番となる。

ここ数ヶ月、ずっとレイナルドへの贈り物にかかりきりだったし、喜んで貰えるかどうか不安なだけだ。

文官の目録を読み上げる声に耳を傾けると、さすがは三大公爵家。

純金の茶器や食器、燭台が何十セットもずらりとテーブルに並び神々しい光を放っている。

「ギラー公爵、黄金で私を釣って言うことを聞くと思ったら大間違いだぞ」

「もちろんそのような意図は毛頭ございません。ただ、他国の王族をおもてなしする王宮の晩餐会にてお使いいただければと思った次第で」

「なるほど、ではありがたく受け取ろう」

「恐悦至極に存じます。ですがまだ贈り物がございます」

ギラー公爵が大仰にお辞儀をすると、会場が騒めく。

純金に加えて今度はどんな贈り物なのだろうかと、貴族たちが話に花を咲かせている。

「我が娘、ザビーネから陛下への特別な贈り物でございます」

テーブルに座っていたザビーネが、いつの間にか父公爵の隣に並び、レイナルドの前に進み出た。

「レイナルド陛下、どうぞこちらにいらしてくださいな」

会場からも拍手が湧きレイナルドを急かしたため、仕方なくレイナルドは玉座から下りてザビーネの前に進み出る。

「お出ましくださりありがとうございます。こちらが私からの贈り物にございます」

ザビーネは召使いが恭しく捧げ持ってきた箱を受け取り、その蓋を開ける。中から豪華な布のようなものをザビーネが取り出し、ぱっと広げて見せた。その瞬間、フェリシアは息が止まりそうになる。

彼女が翻《ひるがえ》して見せたのは、なんとブロケード織の片掛けマントだった。

それもフェリシアが考えた図案と同じもの。

そっくりそのまま同じ模様、同じ素材の生地。その上に意匠を凝らした飾りとともに、王家の紋章が金糸や銀糸を駆使して細やかに刺繍されていた。

――うそ。どういうこと？

どうしてザビーネが私と同じ贈り物のマントをあげるの？

フェリシアは訳が分からず、頭の中が真っ白になる。

まるで芸術品のような美しいマントに会場から感嘆の声が上がった。

「なんと美しく壮麗な刺繍を施したマントだ！」

「さすがこの国一番の刺繍の名手、ザビーネ様ね」

「見たこともないくらいの美しさだな」

鳴りやまないほどの大きな拍手と喝采が上がる。

フェリシアは、顔面蒼白になってザビーネを見た。心臓がどくどくと不気味に鳴り響き、指先がわなわなと震えている。

彼女はそんなフェリシアに流し目を送り、柘榴のような赤い唇をゆっくりと引き上げてくすりと微笑んだ。

――っ。

ただ目の前の光景が信じられない。

なぜ彼女が、レイナルドに刺繍入りのマントをプレゼントしているの？

しかも世界にたった一つしかない、自分が考えた図案だ。

偶然同じになるなんてありえない。それにザビーネは、女官のほかにはフェリシアがあの図案と同じマントを贈ることを知っていた唯一の人だ。

普通なら王妃と同じものを贈るはずがない。

明らかに敢えて同じマントを、いいえ、フェリシアよりも見事な刺繍を施したマントを贈ったのだ。

ザビーネの刺繍に比べれば、初心者の自分が刺繍したマントなど、未熟で誰が見ても見劣りがする。

「ふふ、マントだけではありませんの」

そう言いながらしなやかな美しい手で召使いから銀の小箱を受け取り、ザビーネが取り出したのは大ぶりのサファイアのブローチだ。

「こちらは我が公爵邸に代々伝わる首飾りを陛下のためにブローチに仕立てなおしましたの。陛下の瞳と同じ色で、きっとお似合いになるかと思いまして。どうぞお召しになってみてくださいませ」

催促するように会場からも拍手が湧き、レイナルドが召使の手によってそのマントを纏うとあまりの威厳に誰もが溜息をつく。

ブローチの色もブロケード織の生地に映え、レイナルドにとても似合う見事なマントだった。

フェリシアは、心臓が凍り付いてしまったかのように、その光景をただ茫然《ぼうぜん》と見つめていた。

手が白くなるほどぎゅっと握り、涙が込み上げそうになるのを必死に堪える。

――なぜ？　どうして彼女は私を欺いたの？

あんなに親身になって難しい刺繍の手本を見せ、フェリシアができるようになるまで何度も何度もやって見せては根気よく付き合ってくれた。期日が迫ると、毎日のようにフェリシアのところにやってきて、楽しいおしゃべりをしながら熱心に教えてくれたではないか。

フェリシアは、ザビーネを母国の姉のように慕っていたというのに。

彼女が自分にとても親切だったのは、こういう意図があったから？

最初から彼女が計画していたかどうかは分からない。

ただフェリシアが自分で刺繍を施したマントを密かに贈る事を知り、刺繍に長けた彼女はさらに美しく刺繍を施したマントをレイナルドに贈ったのだ。

「ザビーネ、礼を言う。このように細やかな刺繍を施すのは大儀であったろう」

「いいえ、陛下に身に着けていただけるのであれば、これ以上の幸せはございません。王妃様の贈り物には到底及ばないと思いますが……」

ちらりとこちらを見たザビーネにフェリシアはぐっと言葉を呑み込んだ。

明らかに彼女はフェリシアを挑発し、勝ち誇った目を向けている。

ここでザビーネを問い詰めれば、言いがかりのようになってしまう。

フェリシアはこれまで人に悪意を持たれたり、裏切られたことなどなかった。思いもしなかった人から、あからさまな敵意を感じて鳥肌が立つ。

そういえば女官が言っていたではないか。

レイナルドに婚約者がいなければ、ザビーネが妃として輿入れしていたかもしれないと。

その言葉を思い出し、不安が胸をよぎる。

もしかしてザビーネはレイナルドが好きなの？

それ以外に考えられない。

彼女はとても美しく、公爵家という高貴な家柄でさらに裕福であるにもかかわらず、二十一歳で未だ独身だ。

もしかしてレイナルドのことを諦められずにいる？

そのことに想いあたり、フェリシアは愕然《がくぜん》とした。

——私と同じ。

自分も姉という婚約者がいながら、心の中ではレイナルドを諦めきれなかったではないか。

二人に視線を向けると、ザビーネは頬を染めてレイナルドをうっとり見上げている。

フェリシアと同じ、恋する女の顔だった。

それを見てフェリシアの心臓に氷のつららが突き刺さったように痛む。

——彼女はレイナルドに恋している。

レイナルドも優し気な表情を浮かべていて、まるで恋人同士のような二人に胸がぎゅっと引き絞られた。

レイナルドがフェリシアと結婚したのは国の取り決めがあったから。いわば政略結婚だ。

それでも自分がひたむきに愛情を注げば、彼もいつかきっとフェリシアに愛を返してくれると、勝手にそう思い込んでいた。

レイナルドに少しでも好いて欲しいと思って刺繍したマントだったが、それを贈ったのがフェリシアでなくても彼は優しい笑みを浮かべている。

フェリシアだろうがザビーネだろうが、変わらない微笑みだ。

——結局、レイナルドにとっては、姉王女以外は誰でも同じなの？

たまたまフェリシアが姉の代わりに王妃になったから。

だから妻として夜ごと肌を重ねているだけに過ぎないの？

男性は生理的に欲を吐き出さないとならないし、レイナルドは女人との交わりが好きだから……。

込み上げる胸の痛みに身を震わせていると、文官の声が響き渡った。

「それではいよいよ王妃様からの贈り物の披露にございます！」

大きな拍手が上がる中、フェリシアははっとして思わず立ち上がった。

「やめてっ！」

取り乱したような王妃の声に、会場が水を打ったように鎮まりしーんとなる。

皆、何事かと王妃に注目していた。

「フェリシア？　どうしたんだ？」

席に戻ったレイナルドが驚いてフェリシアの手を握る。

フェリシアはただ泣くまいと必死だった。

——涙を零してはだめ。取り乱してはだめ。

妃として多くの貴族の前で失態を見せたくはない。

なによりも自分が傷ついているのをここで惨めに晒したくなかった。

「み、皆さん、ザビーネ公爵令嬢の素晴らしい贈り物に気後れしてしまいました。私の贈り物は、今夜、寝室で陛下にだけお見せしたいと思います」

なんとか取り繕ったものの、震え声をレイナルドには気が付かれてしまったらしい。

だがレイナルドは即座に何かがあったのだと分かって、すっくと立ち上がった。

「皆の者、私への最高の贈り物は我が妃、フェリシアが私の元に嫁いでくれたこと。今宵は彼女からの贈り物をベッドの上で堪能しようと思う」

すると、どっという笑いとヒューという口笛があちこちから鳴る。

「なるほど、贈り物は王妃様ご自身と言うことですな」

貴族たちから声が上がり、拍手喝采の渦に包まれてなんとかやり過ごすことが出来た。

「フェリシア、大丈夫か？」

レイナルドが心配げに耳打ちしてきて、思わず胸が詰まり泣き出しそうになった。

「レイナルド、あの……」

思い切ってフェリシアが切り出したとき、招待をされている他国の王族がレイナルドに声をかけ、そのまま話し込んでしまった。

フェリシアはふっとため息を零し、そばにいたレイナルドの侍従に頭痛がすると断って先に宴を辞することにした。

実際、頭がガンガンして冷静に物事を考えられそうにない。

一刻も早く部屋に戻って、一人になりたかった。

話し込んでいるレイナルドの邪魔をしないよう、そっと席を立つ。大広間を抜け回廊に出ると、ちょうど帰り支度をしていたザビーネとかち合った。

すると彼女がまたゆっくりと微笑んで、形のいい柘榴色の唇を優雅に引き上げる。明らかにフェリシアを小ばかにした微笑みだった。

フェリシアはなんともいえない怒りがこみあげてきて、ザビーネの近くにふらふらと近づいて行く。

「――なぜ？　どうして……」

震えた声で詰め寄ると、ザビーネは大仰に息を吐いた。

「――仕返しをしたまでですわ。王妃様」

「仕返し？」

「私はずっとレイナルド陛下をお慕いしておりました。それなのに貴女が邪魔をなさった。その仕返しです」

「――どういうこと？」

やはりザビーネはレイナルドが好きなのだ。

フェリシアが声を震わせると、ザビーネは不敵な笑みを見せた。

「陛下がフェリシア様の姉王女との婚約が破談になった時、我が国ではローデンヴェイク国内の貴族から妃を娶るべきだとの声があがりました。もともと我が国の貴族派は、しがない南方の少国、エーデルシュタインから妃を娶ることにずっと反対していたんです。そして貴族派の推薦を受けてレイナルド様の妃候補となったのが私でした」

「そんな……」

「ふふ、何も知らないのですね。一時は私が陛下の妃に内定しておりました。ですが貴女の父王は自国の王女を大国に嫁がせるために、港の利用をレイナルド陛下の前にちらつかせた。港が利用できれば、陛下の夢である海上の覇権を握ることも夢ではないでしょう。あなたの父王は卑しくも、エサをぶら下げレイナルド陛下を釣ったのです。ですがどうぞお気をつけあそばせ、愛らしい王妃様。レイナルド陛下の寵愛は一時的なもの。私は必ず陛下の心を摑んで見せます」

「――っ」

その言葉にずっと堪えていた感情が溢れ、フェリシアは思わずカッとなってザビーネの頬を平手打ちした。

──パン、と冷えた音が鳴り響き、ザビーネが床に崩れ落ちた。

はっとして我に返ったちょうどその時、レイナルドや近衛騎士らが駆け寄ってきた。

「フェリシア！　いったい何があったんだ？」

するとザビーネが打たれた頬を手で押さえて、涙の潤んだ瞳でレイナルドを見上げて首を横に振った。

「──陛下、どうぞ王妃様をお責めにならないで。私が出過ぎた贈り物をしたせいで、フェリシア様のご不興を買ってしまいました」

「不興？」

「陛下への贈り物に、忠誠の思いを籠めてマントに刺繍をしたのですが……、フェリシア様もちょうど刺繍入りのマントをお贈りするご予定だったようです。知らぬこととはいえ、浅はかにも出過ぎた贈り物をしてしまいました。……申し訳ございません」

美しく弧を描く頬に、一筋の涙が煌めきながら伝い降りた。

周りにいた召使いや近衛騎士らの誰もがザビーネに同情を示す。レイナルドまでも驚いた顔をフェリシアに向けたとき、フェリシアは裏切られたような気持になった。咄嗟にくるっと踵《きびす》を返して、その場から逃げるように部屋に駆け戻る。

「──シアッ！」

背中にレイナルドの舌打ちが聞こえたような気がして、胸が苦しい。

あの場で彼女に詰め寄り、あれは自分が考えた図案で、刺繍入りのマントもフェリシアが考えたものだといくらでも言える。

それでも彼女から、王妃様がそうおっしゃるならそうなのでしょう、と言われればそれまでだ。

結局、フェリシアが悪者にされてしまう。

レイナルドでさえ、驚いた顔でフェリシアを見たのだから……。

フェリシアはレイナルドといつも同衾している寝室ではなく、その隣にある王妃の部屋の扉を開けた。

急いで中に入り、ドアを背にバタンと締める。その途端、フェリシアは床に崩れ落ちた。堰《せき》が切れたように涙が込みあげてきて子供のように泣きじゃくる。

嗚咽《おえつ》が止まらない。

悔しいというより悲しみに近かった。

なによりショックだったのは、贈り物を受けたとき、レイナルドがザビーネに向けた微笑みだった。

もちろんレイナルドはフェリシアの贈り物の中身を知らない。贈り物をくれれば誰だって笑みを返す。

理不尽な思いだと分かっていても、あの微笑みを見た瞬間、心が見たくなかった真実を悟った気がしたのだ。

彼にとっては贈り物をしたのがザビーネであってもフェリシアであっても同じなのだ。

結局、どうあがいてもレイナルドの心を摑むことはできないのではないか……。フェリシアに飽きれば、ザビーネを側妃にすることだってあり得るかもしれない。

「ふ……」

フェリシアは泣きながら自虐的な笑みを浮かべた。

人はなんて貪欲なのだろう。

レイナルドの妃になれただけでも嬉しかったのに、今度はその愛情を全て独占したいだなんて……。

愛情も微笑みも、自分を抱きしめる力強い腕も何もかも――。

「フェリシア、いるんだろう？　扉を開けて話を聞かせてくれ」

どんどんと扉を叩く音がして、レイナルドが心配げな声を掛けてきた。

それでもフェリシアは一人首を横に振る。

――だめ。今は無理。到底レイナルドと冷静に話などできない。

もう心の中がぐちゃぐちゃだ。

「ご、ごめんなさい……。今日はもう……、頭痛が酷くてこのまま休みます。明日……お話させて……」

レイナルドの誕生日だというのに、贈り物ごときでこんなに取り乱した自分を厄介だと思っているに違いない。

それでもレイナルドが好きだから、だから喜んでほしかった。

ザビーネに向けた笑顔ではなく、特別な笑顔を自分に向けて欲しかった……。

「……シア、ザビーネとの間に何があったか分からないが、何があっても私は君を信じる」

その言葉を聞いて、フェリシアはせめて混乱させたお詫びを言おうと思って扉を開けた。

人払いをしたのか、心配そうな顔をしたレイナルド以外誰もいない。

「こんなに泣いて……」

レイナルドがフェリシアの頬に手を添え、口づけをしようと顔を寄せてきた。だが、
フェリシアは彼の胸に手を置いて一歩下がった。

「ごめんなさい……。あの、せっかくの誕生日だったのにもめ事を起こしてしまってすみません。今日はもう頭痛が酷くて……一人で横になりたいの」

レイナルドは小さく嘆息すると、フェリシアの頭を撫でた。

「そなたが泣いているのに放っておけない。今夜は一緒に寝ないのか？」

優し気な言葉に心が揺らぐが、それでもフェリシアは首を縦に振る。

「今は混乱してて……、ごめんなさい」

「――そうか。私は明日の早朝に出発して隣町にある灌漑《かんがい》工事の視察に行かねばならない。一日留守にするが、明後日の朝には帰る。その時に二人で話をしよう」

フェリシアはこくりと頷いた。

するとレイナルドの腕に抱き寄せられた。

彼の胸の中にいるというのに、こんなにも彼の温もりが恋しい。

「――シア、大丈夫だ。私がついている。今宵はゆっくり休め」

レイナルドの胸のドクドクという力強い鼓動が耳に響くと、だんだん心が落ち着いてきた。

きっと次に会うときは、自分の抱えている想いを伝えることが出来るかもしれない。

素直に打ち明けよう。

レイナルドが好きで、だからこんなに心が苦しいのだと。

できれば私一人を愛してほしいのだと。

だが無情にも運命の歯車は違う方向に回り出していた。

レイナルドの温もりに包まれるのはこれが最後になるとは、このときのフェリシアは思ってもいなかった。

第三章　欺瞞《ぎまん》のゆくえ

――翌日の朝。

フェリシアは少しの肌寒さを感じて目が覚めた。

レイナルドと同衾していたときにはありえなかったことだ。今までは寒さなど微塵《みじん》も感じないほど、彼の胸の中ですっぽりと暖かく包まれていたからなのだと思い知る。

やはり一人寝は心細くて寂しい。

「おはようございます。フェリシア様、お目覚めですか？　朝食をお持ちいたしました」

ノックとともに女官が入ってきたが、フェリシアはいつものように挨拶をしようとして口をつぐんだ。フェリシアの身の回りの世話をしてくれている女官は、殆どがザビーネの屋敷、ギラー公爵家から派遣されている。

思い返せば、フェリシアが刺繍に四苦八苦していたとき、ザビーネに教えを請うように勧めてきたのも彼女たちだ。そして皆が一様にザビーネを賛美していた。

疑いたくはないけれど、彼女と近しかった人が今はフェリシアの近くにいると思うと監視されているようで落ち着かない。

おう。

　――レイナルドにお願いして、ギラー公爵家やそのつてで派遣された女官を帰してもらおう。

　別にフェリシアは、女官に対して高い要求をするわけではない。実際、母国でもフェリシア付きの女官は一人だけだった。

　あとは細かい身の回りの世話をする召使いくらいで、正直、女官がいなくても困ることはない。彼女らは、お茶を用意したり、その日の予定に合わせて日に何回も着替えるためのドレスや宝飾品を選んだりするのが主な仕事だ。

「フェリシア様、お顔の色が優れませんわね。夕べのザビーネ様の贈り物は私どもも驚きました。ですが、どうぞお気を落とされませんように……。ザビーネ様がフェリシア様の刺繍したマントを全て解いて美しく刺繍しなおしてくださるそうです。ザビーネ様にマントをお預けいたしましたわ」

　フェリシアはびっくりしすぎて開いた口が塞がらない。

「私が……、刺繍したマントを？」

「ええ、ようございましたわね。それに腕のいい宝石細工の職人に依頼して、フェリシア様のルビーのブローチもより美しく装飾しなおしてくださるようですよ」

　女官たちの言っていることに、心底驚いた。

　彼女らは私が刺繍したマントや宝石を勝手にザビーネに渡したというの？

　それで私が喜ぶとでも思ったのだろうか。

「まぁ、そのマントや宝石をプレゼントしたら陛下もきっとお喜びになりますわね。それに来年にはフェリシア様もザビーネ様に近づけるくらい刺繍も上達されているでしょう。その時にでも、また刺繍したものを差し上げるといいですわ」

「それはいい考えですこと。これからも続けてザビーネ様に刺繍を教わると宜しいですわね」

フェリシアはもう我慢が出来なかった。これ以上自分への侮辱やザビーネへの賛美の言葉を聞きたくない。

「――下がって！　朝食はいりません。お腹が空いてないの」

「――ですが……」

「もうやめて！　出て行ってちょうだい。ひとりになりたいの」

つい声を荒げると、女官たちはすぐにお辞儀をしながら出て行った。

まるでザビーネの女官に囲まれている気分だった。

女官たちは本当に自分のことを思ってくれていたのだろうか。

一日部屋の中に閉じこもりたい気分だが、フェリシアは元来、行動的だ。

落ち込むよりは、このおかしな状況を変えていこう。

ベッドから起き上がり、寝巻にガウンのまま急いで隣のレイナルドの寝室の扉を開けた。

ザビーネが選んだであろう千の花のタペストリーやファブリックの数々を廊下へと投げ捨てる。

レイナルドと自分が秘めやかに交わり合う部屋に、ザビーネであろうが他の女性の選んだものがあるのは絶対に嫌だった。

「王妃様……？　これは……」

騒ぎを聞きつけた侍従らが集まりおろおろする。

「模様替えをしたいの。手伝って」

寝室の中にあったフェリシアのために揃えたという家具を、侍従や近衛騎士に手伝ってもらい全て運び出した。侍従から聞きだし、今はしまわれているレイナルドがもともと使っていた家具を運び戻す。

飾り気がなくてもこの方がずっと心地いい。

タペストリーなんかなくても、レイナルドが温めてくれる。

床の上には、花柄でふかふかの絨毯ではなく元々あった雄々しい毛皮を敷いた。

すべてフェリシアの輿入れ前と同じに状態に戻してもらうと、フェリシアはがぜん元気が湧いてきた。レイナルドらしい男っぽい重厚な部屋だ。

この方がずっといい。彼そのものを感じられる。

「これでよし……」

フェリシアは満足げに腰に手を当てた。

どんなにザビーネがレイナルドを慕おうと今は自分が妃になったのだ。

そこに国同士の思惑や取り決めがあろうと、それも含めてレイナルドが決めたこと。

結局、レイナルドがフェリシアを娶ることに同意したのだから、もうぐずぐず悩むのはやめよう。

フェリシアは決断した。

レイナルドを待つこともない。自分の女官なのだから、自分の考えで采配できるはずだ。

「侍従長、私付きの女官を広間に集めてちょうだい」

フェリシアがシンプルなモスリンのドレスに着替えて広間に行くと、女官たちが勢ぞろいして皆落ち着かなげにそわそわとしている。

総勢、三十人はいる。

そもそもこんなに自分付の女官は必要ない。

「皆さん、お待たせしました」

よく通る声を出すと、フェリシアの気分も爽快になった。

「今から私の考えを話します。私はローデンヴェイクと比べれば、小国であるエーデルシュタインで育ちました。それゆえ、このように大勢の女官に傅《かしず》かれての生活には慣れておりません。身の回りも自分で殆どできます。食事も部屋に持ってきていただかなくとも自分で食堂に食べに下ります。なにより陛下とのプライベートな時間をなるべく二人きりで静かに過ごしたいの」

フェリシアの言葉に女官たちは戸惑っている。

「私の輿入れで、他の貴族のお屋敷から派遣された女官の皆さんには御礼を申し上げます。ですが、もう必要ありません。どうぞお屋敷にお引き取り下さい」

フェリシアがきっぱり言うと、輿入れしてからすぐに仲良くなり、一番親切にしてくれた女官が焦った声でフェリシアの前に進み出た。

「そんな……！　私共はこの王宮に不慣れなフェリシア様にお仕えするよう、ザビーネ様からご指示を受けております……。そのような我儘、ザビーネ様がお許しになりません……！」

するとフェリシアはその女官を睥睨《へいげい》した。王族にしかできない威厳を込めて。

「誰が許さないというのですか？」

すると女官が蒼白になり、はっと口に手を当てた。

「……王妃の私は陛下以外に許しを乞うことはありません。どうぞお引き取り下さい。侍従長には、あなたがたに退職金を払うように伝えています。また元々いる女官の皆さんには、負担も増えることもあるかと思い、給金を倍にするように命じました」

結局、三十人いた女官の半数がいなくなり、公爵家とはなんのしがらみもない古参の女官ばかりが残された。それでもフェリシアは自分の中で燻っていた問題をやり切ったことでほっと肩をなで下ろす。

昨日はショックのあまり泣いてしまったけれど、もうザビーネなど怖れることはない。

ほっとした途端、お腹が空いてきた。

夕べも今朝も昼も、まともに食事をしていないことに気が付いた。

柱時計をみると、もう夕刻になる。

明日の朝にはレイナルドが帰ってくる。

寝室を見て驚くかもしれないが、夕べの経緯を話し素直な気持ちを彼に打ち明ければきっと分かってくれるはずだ。

――そう、レイナルドは何があっても私を信じると言ってくれたもの……。

「王妃様、ありがとうございます。公爵家の女官たちは実は殆ど面倒な仕事はせずにお喋りばかりで困っていたのです」

残った女官が声を掛けてきて、フェリシアはにこりと微笑んだ。

「これからは、遠慮せずになんでも私に報告してくれる？」

「はい、かしこまりました。王妃様もお疲れでしょう。入浴をしてお食事になさいますか？」

「ありがとう。ぜひそうしてちょうだい」

半刻後、ようやくフェリシアは久しぶりに薔薇の花びらを浮かべたお湯にゆっくりと浸かった。女官を下がらせて、久しぶりに一人でゆっくりと湯浴みをして生き返るような心地になる。

湯の上を漂う花びらを両手で掬い上げて仄かな甘い香りを吸い込んでみた。

――ああ、はやくレイナルドに会いたい。

今頃、彼は何をしているのだろうと窓のガラス越しに空を見上げてみる。

タペストリーの無い窓からは、冴え冴えとした夜空が広がり銀色の月が浮かび上がっていた。フェリシアの心も今は同じように澄んでいる。

私はレイナルドのことを愛している。だから彼を信じよう。

いくらザビーネがレイナルドに思いを寄せているとしても、万一、フェリシアに子供ができないからといって、まさか彼女を側室になどしたりしないはずだ……。

フェリシアは女官の手を借りずに簡素な部屋着に着替えて、食堂に下りて行く。

一人で夕食をとっていると、給仕が頼みもしないのにデザートのお代わりを置いていった。

「あっ、もうデザートは……」

下げてもらおうと皿を取ると、その下に紙切れが挟まれているのに気が付いた。

はっとして振り向くと、もうその給仕は下がってしまったようで見当たらない。

何だか不穏な気がして、フェリシアはその紙切れを素早くポケットにしまい込む。

──いったい何が書いてあるのだろう？

「フェリシア様、食後の紅茶はいかがですか？」

違う給仕がフェリシアに声を掛ける。

「あ、いいえ、もうお腹が一杯になってしまったみたい。部屋に下がるわ。ご馳走様でした」

フェリシアは慌てて笑みを返してすぐに部屋に下がった。寝支度も自分でするからと女官を下がらせ、ようやくポケットから紙切れを取り出した。

何が書いてあるか知りたくて胸が逸《はや》る。

まさかレイナルドがこっそりメッセージを送ってくれたのだろうか。

一抹の期待に胸を膨らませて、ガサゴソと皺になっていた紙切れを広げると、目に飛び込んできたのは王都内の住所と地図だ。

「――？」

地図の下には、小さく殴り書きで短いメッセージがしたためられていた。

『今夜、レイナルド陛下がここで女性と密会している』

その走り書きに目を見開く。声さえも出なかった。

――まさかそんなことがあるはずがない。

レイナルドは王都の隣町クローデンにある灌漑工事の視察に行ったはず。書かれているこの場所は、クローデンに程近い王都の郊外にある小離宮のひとつだ。

こんなところにレイナルドがいるはずはない。だって、王都にいるなら城に帰ってくるはず。

――きっと誰かの嫌がらせよ。

さっきもレイナルドを信じると誓ったはず。なのに胸騒ぎがする……。

この離宮は、前にレイナルドに連れられてピクニックに行ったことがある。たしか馬で王城から半刻ほどの場所だ。

こっそり王城《ここ》を抜け出して往復しても一刻で帰ってこられる。

レイナルドがいるかいないか確かめてみよう……。

フェリシアは急いで簡素な練習用の乗馬服に着替えると、その上から目立たないよう襟元から肩まで毛で覆われているグレーのケープコートを着て防寒した。

扉の外を伺うと、近衛がちょうど侍女と廊下の端で話し込んでいる。フェリシアはそっと王妃の部屋を抜け出し、反対側の廊下から小走りに厩舎へと向かう。

昨夜、ブライアス公爵から送られたばかりの馬、スノーホワイトに乗るためだ。

夜にフェリシアに起こされた馬丁はびっくりしていたが、鞍をつけてもらう。小離宮にいる陛下を驚かせたいからと口止め料を渡し、なんとか言いくるめて裏口からこっそり出してもらった。

スノーホワイトは、突然の夜の散歩だと思っているのかなんだか嬉しそうだ。

雪道や夜道をものともせず走るというから、ちょっとした冬の夜のお忍びにうってつけだ。それに小離宮までの道には街灯もあるから迷うこともない。

――できることならあの紙切れは、ただの悪戯であってほしい。

ただそれだけを心に願う。

「スノーホワイト、行きましょう……！」

フェリシアは馬の手綱をパシンと振ると、迷うことなく鐙《あぶみ》を勢いよく蹴りだして夜の王都へと消えて行った。

*　　*　　*

王都内の街道は、定期的に除雪がされているのかそれほどの雪は積もっていなかった。

このスノーホワイトとフェリシアは息がぴったりで、半刻もかからずに小離宮の門が見えてくる。

驚く門番に王妃であることを告げ、レイナルドと対になった王妃の印章である指輪を見せて門扉を開けてもらう。

すると驚いた馬丁が飛び出して来た。

「こりゃたまげた！　王妃様が馬に乗って来なさるとは！」

「夜にごめんなさいね。陛下がここにいると聞いたの。どうしても会いたくて」

馬を下りながら馬丁にカマを掛けてみると、レイナルドが確かに一刻ほど前にこの離宮に入ったという。

「本当に？　陛下がここに？」

「へぇ、陛下と……、その後、馬車で高貴な女性がいらっしゃいました」

フェリシアはスノーホワイトの手綱を馬丁に預けると、すぐに小離宮の玄関へと向かう。驚く近衛を無視して扉をバンと勢いよく開けて離宮の中に入ると、召使たちが慌ててわらわらと飛び出して来た。

「なんと、王妃様……！　どうか応接室でお待ちください。陛下はただいま御寝中でして。あの、急ぎお起こしして陛下にお知らせしてまいります」

「ありがとう。でもその必要はないわ。私が陛下の寝室にいきますから」

なぜか侍従らが、おどおどしながらフェリシアの行く手を阻む。

「王妃様、いけません……！　陛下は御寝中で。どうか、どうか応接室でお待ちを……！」

半泣きになりそうな顔で、侍従らがフェリシアを行かせまいとその腕に縋りつく。

何かがおかしいと思ったフェリシアは、侍従たちの手をはねつけ、扉を守る近衛騎士らも困惑し制止する間もなくバンと勢いよく開けた。


今でもその光景が目に焼き付いて離れない。

レイナルドは素肌にローブ姿のまま、一糸まとわぬ女性をその腕に抱え、大事そうに横抱きにしていた。

黒い艶やかに流れ落ちる髪、薄暗い部屋に浮かぶ白磁のような肌……。

レイナルドの首元に顔を埋めていた艶めかしい姿の女性が振り向いた。

柘榴色の唇をゆっくり吊り上げ、その女――ザビーネがフェリシアに流し目をくれる。

フェリシアを一瞥《いちべつ》すると、きゃ、と小さく悲鳴をあげてレイナルドに縋るようにしがみ付いた。

——なんでザビーネが……。

瞬間、まるで足元にある地面が粉々に崩れ落ちる感じがした。目に熱いものが込み上げ、涙が棘《とげ》のように眦《まなじり》を刺し貫く。

なんて莫迦《ばか》だったのだろう……。

自分がひたむきに愛すれば、いつか同じように愛を返してくれると信じていたなんて。

二人はこうしていつも、フェリシアに隠れて夜に密会をしていたに違いない。

レイナルドが時折、視察があると言って留守にしていたのは、ザビーネと会うためだったの？

あの夜のレイナルドのあり得ないものを見たような、ぎょっとした瞳が忘れられない。

それから後のことは、よく覚えていなかった。

気が付けば、またスノーホワイトに乗って王都を疾走していたからだ。

心も身体もボロボロだった。

いつの間にか雪が降りだし、フェリシアの涙に触れて降り積もる雪が解けていく。

スノーホワイトは、さすが有数の軍馬を育成するブライアス公爵が育てた馬らしく、後を追いかける近衛騎士たちを大きく引き離し、彼らはフェリシアを見失ったようだ。

身体の芯まで冷え切ったころ、フェリシアは王都にいるただ一人の身内である、母方の叔母の屋敷の玄関を泣きじゃくりながら叩いていた。

＊　　＊　　＊

「どうやら一足遅かったようだな」

「夕べの夜まではここをアジトにしていたようです。内通者がいたものと思われます」

「まだそれほど遠くに行っていないかもしれない。目立たぬように探れ」

レイナルドは忌々しげに、もぬけの殻の部屋を睨みつけた。

王都の隣街クローデンへの灌漑工事への視察とは表向きで、実は昨晩、密偵から禁忌とされている媚薬「天国の扉」を密輸しているグループのアジトが見つかったとの情報を得たからだ。

慌ただしく逃げたせいか、「天国の扉」の小瓶が床一面に散らばっている。

この小屋で媚薬を小瓶に移し替える作業をしていたのだろう。

「小賢しいな。追えばすんでのところですり抜ける」

「ですが、小さな綻びを潰していくのも重要かと……。じわじわと追い詰めれば向こうも心理的な負担が大きくなりますから」

「……そうだな」

レイナルドは大きな危機感を覚えていた。ローデンヴェイクのような大国を正面から攻撃すれば我が精鋭部隊をはじめ、百万の兵に迎え撃たれる。この国を狙うものにとっては、その方法は現実的ではない。だが内側から貴族や兵士らを蝕んでいけば、いずれ弱体化する。

それを隣国シュラルディンが狙っているのは明らかで、口車に乗せられた莫迦な貴族派が眼前の金貨をエサにうまく操られているのだろう。

「陛下、今宵はひとまずここから近い小離宮におとどまり下さい。何か手がかりを発見できるかもしれません。小離宮ならばここクローデンとの街境にありますし、すぐに動けます」

レイナルドはブライラスの言葉に眉を寄せた。

本来なら一刻も早く城に戻り、できればフェリシアの側にいてやりたい。

彼女は昨晩の晩餐会でザビーネと何かがあったらしく、酷く傷ついていたからだ。

夕べのフェリシアの頼りなげな声を思い出すと胸が疼いた。

こんな気持ちになるのは彼女だけだ。

側にいない時でさえ、自分の胸にはいつもフェリシアがいて、可愛らしい声やその笑顔を思い出すたび彼女への想いが溢れてくる。

レイナルドは大国の世継ぎに生まれ、王国内でも諸外国でも己の感情は見せず、常に理性的に振る舞ってきた。

伏魔殿のような大陸の覇権争いの中では、己の心を晒《さら》したほうが負けだ。たとえ自分が殺されようとも、弱音などは見せられない。

これまで参戦した戦でもレイナルドは最前線で軍を率い、兵を鼓舞して果敢に敵を打ち負かしてきた。だが友好国であるフェリシアの国も例外ではなく、レイナルドは外交には慎重だった。姉王女のカトリーナにも小さな頃から慇懃無礼《いんぎんぶれい》に接していたほどだ。親しくなれば隙が出て綻びが生じる。どんな相手でも、つけ入る弱点を見つけられてしまう。

それなのに、なぜか最初からフェリシアにだけは違っていた。

もちろん小さな頃は、自分の感情に素直で時々むきになる少女が可愛らしいと思うだけだった。まるで自分の妹のように揶揄ってばかりいた。

だが年頃になると、彼女の身体からはいきいきとした生気が溢れ、南国に咲くジャスミンの花のように瑞々しいほど美しく成長して目が奪われた。

美しさだけではない。

フェリシアの新たな一面を知るたびに、心の中でフェリシアが広がっていく。彼女の存在が、レイナルドの心の欠けていた部分を余すところなく満たしていた。

いつしかそれが愛情というもので、彼女が自分の心を隙間なく埋めてくれる存在なのだと気が付いた。

「フェリシア様がご心配ですか？」

「……ああ」

「貴方にそんな顔をさせるとは、フェリシア様も大したものですね。ですが心配いりませんよ。先ほど侍従長から早馬がありました」

「早馬？」

「はい、なんでもフェリシア様がギラー公爵令嬢が派遣した女官全員に暇を出したとか」

「フェリシアが？」

「ええ、彼女も負けてはいませんよ。それに陛下の寝室も模様替えしたようです。ザビーネ公爵令嬢が選んだものを全て廊下に投げ捨てたんだとか。ですが寝室のインテリアはすべて陛下自らフェリシア様のために選んでいましたよね。なんだか誤解があるようですね」

「確かにそうだな。まぁフェリシアが満足するならとるに足らないことだ。だが、フェリシア付きの召使いは盲点だった。王宮内の使用人の身元を洗う必要があるな。ブライラス、貴族派の息がかかっている使用人は女官だけでなく、フェリシアの周りから速やかに排除するように」

「かしこまりました」

そんなやり取りの後、レイナルドはいちおう表向きに、順調に進んでいる灌漑工事を視察してから夜になってようやく小離宮へと着いた。

工事現場を視察したため、埃塗《ほこりまみ》れになった身体の汚れを湯浴みで洗い流し、ローブを羽織るとすぐに来客の知らせがあった。

「陛下、お休み前に申し訳ございません。実はギラー公爵令嬢ザビーネ様が至急ご面会したいと、この小離宮に侍女と二人で参りました」

「ザビーネが？」

部屋に入ってきた侍従も困り顔で頷いた。高貴な身分の令嬢が、侍女を連れているとはいえ夜に男を訪ねるなどあり得ないからだ。それが王であるならなおさらだ。

だがレイナルドには心当たりがあった。

ブライラスが言っていた女官の一件のことだろう。フェリシアに辞めさせられて、きっと不満を訴えに来たのかもしれない。

――やれやれ。

レイナルドはいくらザビーネに請われても、フェリシアのしたことを撤回する気は毛頭ない。だが、三大公爵家の筆頭令嬢の手前、話だけは聞いてやる必要もある。

「接待の間で待たせておいてくれ。着替えてからすぐに行く」

「いいえ、その必要はございませんわ。陛下」

真っ白なアーミンのコートに身を包んだザビーネが、許しもないのにレイナルドの居室に入ってきた。

「お嬢様……、陛下はお着替え中です。どうぞ応接室の方で……」

「下がって頂戴。大事な話があるの。陛下と二人きりで……」

ザビーネが侍従がいるにも関わらず、毛皮のコートをするりと脱いだ。すると彼女の白い肢体が露《あらわ》になる。何も身に着けていないまっさらな雪のごとき身体をレイナルドの眼前に露にした。

だがレイナルドは動じずに、僅かに片眉を上げる。

侍従がはっとした顔になり、そのような御用事とは露知らず失礼しましたと、慌てて扉を閉めた。

レイナルドはザビーネを鋭く睨《ね》めつけた。

「何を企んでいる？」

「なにも企んでなどございません。ずっと陛下をお慕いしていたのです。どうぞ今宵、私に陛下の寵を与えてくださいませ」

「──断る」

「なぜですか？　あの女の国に義理立てをしているのですか？　私は一度はレイナルド様の妃候補になりました。側妃でも構いません。どうか私をお召しになってください」

レイナルドは不快げに眉間に皺を寄せた。

「そなたを勝手に妃候補としたのは、そなたの父が率いる貴族派の面々だ。私や王統派の貴族は認めてはいない。わが妃はフェリシアのみ。ゆめゆめそれを忘れるな」

ザビーネはぎゅっと手を握ると、レイナルドを見てうっすらと笑みを零した。

「では、私は一晩、このまま陛下のこのお部屋から動きません。裸の私を放りだすなんてできないでしょう？　もしこのことがフェリシア様のお耳に入ったらどうなるでしょうか？」

レイナルドは舌打ちした。なんとも面倒な女だ。

「そなた、いま自分が何を言ったのか自覚しているのか？　この私を脅しているのだぞ。ここでそなたの首を刎《は》ねることも私にとってはたやすいこと」

「もちろんお咎めは覚悟の上にございます。陛下に首を刎ねられるのなら本望にございます。それほど、陛下をお慕いしているのです。打ち首にされようとここから動きません」

「……！」

「私にできぬと思うか？　裸のそなたを廊下に放りだしても何とも思わない」

レイナルドは厄介な女を言葉どおりさっさと廊下に放り出そうと、裸のままがんとして動こうとせずに突っ立っているザビーネを掬い上げた。

刹那、バタバタと廊下から音が響き、レイナルドの部屋の扉が勢いよく開け放たれた。

一瞬、廊下の眩しさにレイナルドが怯《ひる》んだ隙に、ザビーネが小さな声を上げて首に縋りついてきた。

——うそだろう!?

レイナルドはみぞおちを打たれたように動揺し、対処が一拍遅れてしまう。

蒼白な顔のフェリシアが目の前にいたからだ。

ましてや裸のザビーネを腕に抱いているレイナルドのすぐ眼前に。しかも自分は湯浴み後で、ローブ一枚しか身に着けていない。

強張る喉から声を絞りだそうとした直後、フェリシアがぱっと踵を返して駆け出していく。

すぐ後を追おうとしたが、ザビーネがしつこくしがみ付いてきたのをなんとか引きはがした。

「──フェリシアっ‼」

「くそ、早くフェリシアの後を追えっ」

あっけにとられている近衛に指示すると、レイナルドは急いで乗馬服に着替えて厩舎に向かう。

よりによって、なぜ彼女がここに？　しかもザビーネが自分を訪ねたのを知っていたかのように──。

なるほど、そういう訳かとレイナルドは歯噛みする。

──小賢しい。

まんまと騙された。あの女、ザビーネに。

もともと、フェリシアに誤解をさせることが目的だったのだ。

だが事情を話せばフェリシアも分かってくれる。私が彼女を信じているように、彼女も私を信じてくれるはずだ。

レイナルドは馬に鞭をくれながら、そう自分を安心させようとした。だが、心が奇妙にざわついてくる。

まさかこのことが原因で、彼女が自分に見切りをつけてしまったら？　彼女がレイナルドの人生からいなくなってしまったら？

そう考えただけでみぞおちに灼けるような痛みが走る。

——そんなことはできない。

彼女がいない人生など、考えられないからだ。

だが無情にも、レイナルドはこの先、この夜の出来事を一生後悔することとなる。

＊　　＊　　＊

フェリシアが雪塗れになり、冷え切った躰でローデンヴェイクにいる唯一の身内、母方の叔母であるメアリ・ティルフォード侯爵婦人の屋敷の戸を叩いたのは、もう真夜中に近かった。

警戒しながら戸を開けた召使いがフェリシアを見るなり驚いて、叔母を呼びに行く。

「まぁ、フェリシア様っ！」

「叔母様……」

泣きながら抱きつかれ、賢い叔母はフェリシアに何かがあったと悟ったようだ。

何も聞かずにすぐに暖かな居間に連れて行き、ホットココアを持ってきて濡れた髪の毛を温かなタオルで拭いてくれた。

フェリシアは疲れ切ってもう何も考えることが出来ないでいた。

夕べのザビーネの裏切り、信用のおけない女官たち。

それでもフェリシアはレイナルドの妃として、自分なりに頑張ろうと決めた矢先のこと。

先ほどの二人の姿を思い浮かべただけで、胸が裂かれるような痛みに襲われる。

あの光景は衝撃的だった。

小離宮の寝室で、レイナルドが裸のザビーネをしっかりとその腕に抱き上げていた……。

二人の間に何が起ころうとしていたのか、いいえ、何が起こったのかは一目瞭然《りょうぜん》だった。

あの場で泣きださなかったことが奇跡的なくらいだ。

もしかしたら、二人の関係は私が輿入れする前から続いていたのだろうか。

レイナルドは月に数度、国境や軍の視察と称して城を不在にすることが多々あった。その時には、ああして夜を一緒に過ごしていたのかもしれない。

フェリシアが輿入れする前からの関係であるなら、いっそフェリシアの方が邪魔者だろう。

だからザビーネは、私を憎々しいと思って仕返しをしたの？

彼に嫁げると有頂天になり、レイナルドの女性関係を何も知らなかった自分が滑稽でさえある。

レイナルドは精力が旺盛だ。いずれ側妃としてザビーネを迎えるかもしれないという恐怖に胸が押し潰されそうになる。

『いいですか？　フェリシア様。殿方は、特に地位や権力のある殿方は必ず愛人をもうけるものです。だからといって、夫となる国王を責め立ててはいけません。高貴な愛人を持つことは、庶民と違い貴族のステータスなのですよ。ましてや一国の王なら当然のことです」

フェリシアが輿入れ前に、さんざん女官に言われてきたことだ。

その時、フェリシアはまだ初心な子供だった。だから女官の言うことを実感できずにいた。

それでも馬鹿みたいにレイナルドは違う、彼は王妃一人を愛してくれる、そんな幻想を心のどこかに抱いてきた。

レイナルドが妃として選んだのは私。彼に素直に想いを打ち明ければ、私だけを愛してくれると、つい今日の昼までは浅はかにも思いこんでいた。

結局、レイナルドにとってこの結婚は、政略的な意味だけしかなかったのだろう。

フェリシアは目の前が真っ暗になる。

レイナルドは、ザビーネに触れた手でフェリシアを愛撫し、ザビーネと分かち合った唇でフェリシアに口づけをした。

そう思うと怖気が走り、もう金輪際、レイナルドと同衾することはできそうにない。

以前、ふと女官が言ったことを思い出した。

レイナルドが拾ったという赤毛の子猫。彼はもう一匹の美しい猫を腕に抱いて戻ると、その子猫が突然飛び出していなくなってしまったということを。

その話を聞いた時は、なぜ子猫が飛び出してしまったのか分からなかった。

でも今ならわかる。

その子猫は、美しい猫とレイナルドの寵愛を分かち合うことに堪えられなかったのだ。

私もその子猫と同じ。

――レイナルドの寵愛を他の多くの女性と分かち合うのは無理だ……。

その時、ふいに階下が騒めいた。

レイナルドの声がして、フェリシアははっとしてもの思いから覚めた。

「フェリシア、ここを開けてくれ、二人だけで話がしたい」

いつもと変わらない、動揺もしていない揺るぎない声。

それでも少しだけ上ずって聞こえるのは、フェリシアの思い過ごしなのか。

できるならフェリシアもレイナルドと話がしたい。

ザビーネとはどんな関係なのか、いつから続いていたのか突き止めたい。自分を抱いた翌日に、彼女を抱いたことがあるのか、真実を知りたい。

そしてザビーネを愛しているのかを。

でも、レイナルドはザビーネに寝室のインテリアまで頼んだのだ。

よほど信頼しているのだろう。きっと愛があるはずだ。

もう、真実を聞く気力もない。

そんなことを知ったら、自分が壊れてしまう気がしたからだ。

「……いやっ、帰って！　話すことなどないわ！」

ともすれば、レイナルドに縋って自分だけを愛してほしいと懇願したくなる。そんな自分を否定するように、フェリシアは耳を抑えて顔を大きく横に振る。

するとレイナルドが低い声で、自分自身に毒づいているような声が聞こえてきた。

「シア、落ち着いてくれ。真実を話したいんだ」

その言葉に胸がよじれそうになる。

真実など聞きたくない。真実など、さっき見てしまったもの。

彼の胸に当然のごとく抱かれていたのはザビーネだ。

フェリシアがずっと何年も恋焦がれて、やっと手に入れたと思っていたレイナルドの温もり。それを彼女は当然のもののように逞しい首に縋りついていた。

レイナルドの温もりが本当は彼女のものだったという真実を話されれば、もう正気ではいられなくなってしまう。

ザビーネの裏切りや女官の事、そしてさっきの衝撃的な現場。

心がもう限界だった。

「聞きたくない……。いやなの、真実なんて聞きたくないの！　ひっく、もうレイナルドの顔も見たくない……っ。ひっく、帰って……。お願い、もう来ないで……っ！」

フェリシアがドアを背に嗚咽を漏らしながら泣き崩れると、ティルフォード侯爵婦人の声が聞こえてきた。

「陛下、もう真夜中ですから……。王妃様もお気持ちが不安定になっておられますわ。今夜は私がお預かりしますから、どうぞ一度お引き取りを……。心が落ち着かれるのを待って、明日、お話された方が」

二人の話し声と、レイナルドの諦めに似た溜息が聞こえて、そのうち遠ざかっていく足音がした。すると急にしんと静かになった。

——レイナルドが行ってしまった……。

静かになると、今度は喪失感が襲ってきた。

フェリシアにはもう何も残っていない。

今までは自分だけが分かち合っていると信じて疑わなかったレイナルドの一つ一つが、すべて砂のようにさらさらと崩れて心の隙間から零れ落ちていく……。

フェリシアの耳を優しく擽るなめらかな声も。

逞しい胸に身体を寄せたとき、心を満たしてくれる熱い温もりも。

フェリシアを抱くときの激しく揮う腰の動きも、迸る瞬間の感極まった呻きさえも。

フェリシアがレイナルドと分かち合い、すべて自分のものだと思っていたのは、幻だったのだ。

「さ、フェリシア、開けてちょうだい。陛下は一旦王城に戻りました。今夜はもう遅いから寝ましょう」

フェリシアはドアの鍵を開けると、叔母のメアリに連れられるまま用意してもらった寝台に潜り込んだ。

その間も、涙がとまらずにずっと泣きじゃくったままだ。

「もう何も考えずに寝なさい。陛下は明日の朝にまた来ると言っていましたよ」

フェリシアは無言で鼻をずっと啜っていた。

暖炉の火も煌々《こうこう》と焚かれ、暖かな毛布にくるまれているというのに、まるで凍えそうなほど心も身体も冷え切っていた。

いっそ消えてなくなりたい。

レイナルドの目の前から、王都から離れたい……。

フェリシアの小さな心は、粉々に壊れてもはや修復など見込めなかった。

レイナルドがなんと言おうと、彼の顔を見るのも思い出すのも心が苦しい。

小さな頃から彼に抱いてきた思いが強かっただけに、その反動も大きかった。

ザビーネを愛おし気にその腕に抱いていたレイナルドが忘れられない。あの光景が目に焼き付いて離れないのだ。

今は同じ王都にレイナルドとザビーネがいると思うだけで、胸が苦しくて息することさえままならない。

いっそ私が王都から離れれば、いつかは冷静に二人のことを理解できる日がやってくるのかもしれない。

フェリシアの気持ちはもう固まっていた。

くよくよしちゃだめ。一人でも大丈夫。レイナルドやザビーネから離れて冷静になって考えたい。

薄雲が低く垂れこめ、まだ夜が明けきらない中、フェリシアは身支度を始めていた。叔母が何とか考え直すように懇願したが、フェリシアは頑として譲らなかった。

馬車を用意してもらうと、フェリシアは乗り込む前に空を仰ぎ見た。

王都の中心に威風堂々と聳える王城を見上げ、心の中でさよならを言う。

大好きだった。今でも好き……。

だから苦しい。だから許せない。

いつかレイナルドとザビーネの二人を温かな目で見られるときが来るまで、さようならだ。

フェリシアは王城に背を向け、レイナルドとの思い出にそっと蓋をする。

彼が自分のために贈ってくれた南方にある美しい離宮。心の傷が癒えるまでレイナルドとの幸せな記憶の中に引き籠ろう。

その離宮へと旅立つため、フェリシアは迷いを断ち切るように馬車のステップを昇っていった。

第四章　引き籠り王妃と仮面の騎士

ローデンヴェイクの南方に位置する湖水地方ウィンステアには、白鳥宮と呼ばれる美しい離宮がある。

数代前の王が、溺愛する王妃のために特別に造らせたという離宮であるが、王都と離れているせいか、その後は使う王妃もおらず、いつしか草木の生い茂るまま荒れ果てていた。

それをフェリシアが輿入れするにあたり、レイナルドが庭園にいたるまで離宮全てをリフォームして美しく生まれ変わらせたのだった。

離宮は湖のまん中に建てられていて、岸辺から長い一本の橋が渡っている。天気の良い日には、美しい城が鏡のように湖面に映し出されていた。

白鳥宮という名の由来は、城そのものが白鳥のように見えることにある。

西側には背の高い塔がまるで白鳥の首のようにすっくと天に伸び、その後ろには東に向かって白鳥の羽のような翼棟が伸びている。

遠くから見ると白鳥が優雅に湖を泳いでいるように見えるからだった。

ここウィンステアは気候が温暖でもあった。四季はあるが、冬に雪が降ることはめったにない。そのせいか湖に囲まれていても、暖かく冬を過ごすことが出来た。

フェリシアは窓の外に広がる美しい湖の景色に目をやった。

以前、ここでレイナルドと二人でこの景色を眺めたのはいつのことだっただろう。

まるで遠い昔のように感じて、感傷に耽る。

思わず涙が零れそうになって、書きかけのペンをおいてそっと指で涙をぬぐう。

もうすぐレイナルドの誕生日だから、つい彼を思い出して寂しさが溢れてしまう。

ザビーネとレイナルドが二人で密会していた夜から、もう四年の歳月が流れてしまっていた。

その間、フェリシアはずっとこの白鳥宮に引き籠ったままだった。

巷《ちまた》では引き籠りの王妃、と揶揄《やゆ》されているらしい。

来月になれば、いよいよ世継ぎを身籠るタイムリミットの結婚五年を迎えることとなる。今はもう、レイナルドからの便りはほとんどなく、儀礼的にお互いの誕生日にカードを贈りあうぐらいだった。

きっと毎年、レイナルド誕生の宴では、ザビーネが王妃であるかのように素晴らしい贈り物を披露していることだろう。

フェリシアはあの宴の記憶を鮮明に思い出しそうになり、かぶりを振った。

思い出したら自分が辛くなるだけだ。

もうとっくに自分は、レイナルドからは忘れられた存在なのだ。

それでもこの離宮にきてすぐの頃、レイナルドが自分を追いかけてやってきた。王都で溜まっている公務を後回しにしてまで迎えに来たというのに、フェリシアは頑なにレイナルドに会おうとはしなかった。

レイナルドもこの温暖な気候の白鳥宮でフェリシアの気持ちが収まるのを待とう思ったらしく、それ以降は無理やり会おうとはしなかった。

その代わり直筆の手紙が頻繁《ひんぱん》に届けられたのだが、意固地になったフェリシアはすべて読まずに燃やしてしまったのだ。

ローデンヴェイクの民には、表向きは王妃が身体を壊して静養していることになっている。だが、ずっと王都に戻らず、王も白鳥宮を訪れないことを国民も不審に思い、二人の仲には不和があるのだろうとまことしやかに噂されていた。

それゆえ、『引き籠り王妃』として貴族や国民からも呆れられていることだろう。とくに貴族派からはザビーネを王妃にという声もあがっているらしいが、どういうわけかレイナルドがきっぱりと断り押しとどめているという。

──きっと私の母国に気を遣っているんだわ……。

実は、フェリシアはこの離宮に来てから父王からも手紙を何度も貰っていた。

父は父で、王妃としての務めを果たさないフェリシアを叱責し、レイナルドの貴族の愛人のことなど王妃であるフェリシアが気に病むほどの事ではない。大国の王としての重責があるのだから大目にみよ、早くレイナルドに詫びて王都に戻り世継ぎを作れという内容だった。

実の父だというのに、フェリシアの気持ちを全く汲んでくれない手紙もあいまって、フェリシアはますます頑なになる。

どうして父も分からないのだろう。

愛する人が自分以外の誰かを愛撫し、その身体に身を埋めるのだと思っただけで胸がぎゅっと締め付けられる。何もなかったように肌を重ねるなんて自分にはできない。

いまだレイナルドのことを愛しているのだ。

結局、ザビーネという愛人がいる限り、フェリシアはレイナルドと元には戻れないのかもしれない。このままずっと一生彼に会えず、この白鳥宮で朽ち果てて行くのかと思うと辛くて堪らなくなった。

新婚の時のように、朝まで何度も愛し合い子猫のように可愛がって欲しい。

フェリシアを見つめる時だけは、氷のような青い瞳に雪解けのような温かみが刺す様子をもう一度、見てみたい。

それももう叶わぬ夢なのだろうか……。

「あっ……」

その時窓から一陣の風が吹く。

レイナルドに宛てた誕生祝いの手紙がふわりと飛んでフェリシアのいる部屋の戸口に落ちた。

それを拾おうと思って屈んだとき、コツと音がして黒光りするヘシアンブーツがフェリシアの視界に入り込む。

ドキリとして目を上げると、そこには見慣れぬ顔があった。

顔の上半分を仮面《マスカレード》で隠している騎士だった。背が高く、黒いマントが風に靡《なび》いている。

「だれ……⁉」

明らかにこの白鳥宮を守る騎士ではない。

フェリシアが警戒して後ずさりすると、その騎士が口元に笑みを零した。

「どうぞご心配いりません、王妃様。ブライアス・オルレアン公爵の遣いで王都から参りました。騎士のユーグと申します」

その騎士が優雅に一礼する。

近衛が王族にするような礼だったためフェリシアもほっとする。きっと彼は目立たないように身分を隠して、ただの騎士の恰好をしているのだろう。

その騎士が床に落ちたレイナルド宛ての手紙に目をやると、それを拾いフェリシアに手渡した。

「——王妃様。変わらず美しくていらっしゃる」

フェリシアはドキッとした。なぜだか以前も会ったような口ぶりだ。近衛騎士なのだとしたら、きっとどこかで会っているのかもしれない。

もしかしたらレイナルド付きの騎士なのかも。

フェリシアは少しでもレイナルドを感じたくてついうっかり鼻をくんくんとさせてしまう。

「ふ……、フェリシア……さま、実は折入ってお話がありまして伺いました」

「……レイナルドから頼まれたの？」

フェリシアが戸惑いながらに見上げると、その騎士がゆっくりと首を横に振る。

「いいえ……、頼まれたのではありません」

フェリシアは途端に意気消沈した。

レイナルドは、もうフェリシアを迎えに来るつもりもないのかもしれない。きっと離縁されるのも時間の問題になるのだろう……。

「あの、はるばる遠い所をご苦労様。召使いにお茶を用意させるわね。どうぞお座りになって」

フェリシアはリンと鈴を鳴らすと、やってきた召使いにお茶と軽食のサンドイッチを頼み、騎士に椅子を勧めた。

「……あの、レイナルドはお元気？」

おずおずと聞くと騎士がじっとフェリシアを見つめてくる。

なんだか心の中を見透かされているようで落ち着かない。

「気になりますか？」

ぐっと言葉に詰まり、頬を赤らめるとその騎士がくすりと微笑んだ。

召使いがお茶を運んでくるとその騎士が人払いをする。

「王都で困った問題が起きました。そのためオルレアン公爵から密かに依頼されて、私が参りました」

「困った問題？　オルレアン公爵に？」

フェリシアは眉を顰《ひそ》めた。レイナルドに何かがあったのだろうか……。

「はい、王妃様もご存知だと思いますが……。結婚して五年が経ってもお世継ぎができない場合、この国の法律に則り王は側妃を迎えねばなりません」

「……っ」

覚悟していたことだったが、実際それが現実になると思うと堪えられるかどうか分からない。

フェリシアは喉に込み上げてくる苦い塊を呑み込んだ。

「側妃候補として名があがっているのはザビーネ公爵令嬢です」

――やっぱり……。

何も言えず、フェリシアはスカートをぎゅっと握りしめた。

いよいよその時が来てしまったのだ。私はここでレイナルドに顧みられないまま一生を終えることになるのだろう。

ザビーネとレイナルドはもともと深い関係があったのだから、彼女が側妃になるのはほぼ決まっているのかもしれない。そのことをこの騎士は伝えに来たのだろうか。

「──あの夜、何があったのか真実をお話ししましょう」

「真実?」

「はい、小離宮での夜のことです。真実は王妃様が考えているようなことではありません」

フェリシアはごくりと唾を呑んだ。あの夜、レイナルドとザビーネは密会し、小離宮の寝室で確かに裸で抱き合っていたではないか。それ以外に真実などあるのだろうか。

「あの日、陛下は灌漑工事の視察から戻られ、埃を落とすために湯浴みをしていました。ちょうど入浴を終えたとき、突然、呼びもしないのに陛下の寝室にザビーネ令嬢が現れた。裸に毛皮のコートを纏っていただけでした」

フェリシアは目を丸くした。てっきり二人で示し合わせたと思っていたからだ。

「するとザビーネ令嬢は、毛皮のコートを脱ぎ裸身を露にして、陛下にその身を投げ出そうとしました。陛下が拒絶しても部屋を出て行こうとしないため、業を煮やした陛下は彼女を抱き上げ、廊下に放りだそうとしました。その時、タイミングがいいのか悪いのか、あなたが小離宮を訪れ寝室の扉を開けた。すべてはザビーネ令嬢の策略です。貴女が陛下に失望して離れていくように」

「そんな……っ」

フェリシアは驚いて胸に手を当てた。

まさか、これまでの全てがザビーネの策略なの?

あの夜、レイナルドに抱かれ柘榴色の唇でにやりと微笑んだザビーネが脳裏に蘇る。

よく考えると、一体誰がフェリシアに密告のメモを渡したのだろうか……。

それがもし、ザビーネの仕業だとしたら？

フェリシアに密告のメモを見せ、小離宮に乗り込みようにしかけた。その頃合いを見図り、ザビーネがレイナルドの寝室に押し入って裸になったとしたら？

それもこれも、フェリシアが絶望してレイナルドの元から離れさせるための策略だったとしたら？

――私はまんまとザビーネの策略に嵌《は》まってしまったの？

胸の動悸《どうき》が狂ったように速まっていく。

「陛下はフェリシア様のことを信じているとかつて言いました。妃殿下は陛下の愛を信じてはいないのですか？」

フェリシアはその問いに思わず顔を伏せた。

信じたかった……。ずっとレイナルドを信じたかった。

それでも現実が辛すぎて逃げ出してしまったのだ。

フェリシアがほろりと涙を零すと、騎士がはっとしてフェリシアの涙を指で拭きとった。

「すみません。王妃様を泣かせるために来たのではありません……」

騎士がフェリシアの下ろしていたルビー色の髪をひと房掬い上げ、敬意を示すように口づけた。その仕草がなんだかレイナルドと似ていてドキッとする。

「オルレアン公爵を始め、王統派はザビーネ公爵令嬢とその父ギラー公爵の貴族派を警戒しております。貴女に仕えていた女官も調べ上げたところ、新たな陰謀も露見しました」

「新たな陰謀？」

それを聞いてフェリシアの背筋にぞくりと旋律が走った。

「まさか、レイナルドになにか……っ」

「いいえ、陛下は大丈夫ですよ」

思わず摑みかからんばかりの勢いで身を乗り出したフェリシアに、その騎士は苦笑する。

「実はローデンヴェイク王家は建国の王である神の神力を受け継いでいると言われています。そのため生殖能力も高く、婚儀を上げるとほどなくして世継ぎの王子を授かるのが通例でした。ですが、陛下とフェリシア様には十月《とつき》たってもお子ができなかった」

たしかにフェリシアもずっとそれを気に病んでいた。

毎日のようにレイナルドから子種を受けていたにも関わらず、もしかして自分が子ができにくい体質なのかと悩んでいたこともあった。

「……陛下は貴女様を夜ごと召して明け方まで交わっていたとか」

「交わ……、そ、そんな、あの……」

フェリシアが口籠り顔を真っ赤にすると、騎士がくすくすと笑う。

「我ら寝室を守る騎士の間でもお二人の睦まじさは有名でしたから。ですがそれゆえ、なぜすぐに子を成さなかったのか、陛下とオルレアン公爵が密かに探ったところ、貴女が飲ませられていた薬湯が原因だと分かりました」

「――薬湯？」

「はい、女官から滋養強壮の薬と称して、毎日薬湯を飲ませられていたでしょう？　実はそれは子を身籠らせないようにする薬でした」

フェリシアは愕然とした。

思わず怖くなって、両手で自分を抱きしめる。確かに身体を温めて滋養が付くという効果があると、女官が毎日フェリシアにさりげなく薬湯を用意してくれていた。

フェリシアはそれを疑いもなく飲んでいたのだ。

「――まさか……、うそ……」

それ以上言葉が出なかった。

もしかしたら授かっていたかもしれない赤ちゃんを、身籠らせないようにしていた……？

生まれていたかもしれない命の芽を無残にも摘んでいたということなの？

私はそれを知らずに、飲んでしまっての？

フェリシアはショックのあまり泣き出してしまう。

もしかしたら二人の赤ちゃんを授かって、今頃はレイナルドと赤ちゃんに囲まれ幸せに暮らしていたかもしれないのだ……。

「フェリシア……さま、どうかお嘆きにならず。陛下ももっと早く怪しんでいればと、自分が甘かったとたいそう悔やんでおられました」

「レイナルドが？」

潤んだ瞳をあげると、騎士はハンカチを差し出しフェリシアを見つめながら頷いた。

「すべてはザビーネ公爵令嬢とギラー公爵が謀ったことです。ですが、女官はその薬にそのような効能があったとは知らなかったとシラを切っています。しかもその女官は我々が調査を進めたところで、事故死してしまいました。結果、黒幕のザビーネ令嬢とギラー公爵には確固たる証拠がないため、責任を追及できません。それどころか、陛下の側妃候補としてザビーネ令嬢が王宮に召し上げられることが先日、議会で決まりました」

「ザビーネが……」

胸の内から嫌なものが溢れてくる。

ザビーネは、フェリシアに子ができないよう女官を使って薬を飲ませ、そして彼の寝室に押し入り、二人が密会していたと見せかけた。フェリシアがレイナルドの愛を独占したい性格だと知った上で、そこを上手く突かれ、嫉妬心を利用してレイナルドから離れるように仕向けたのだ。

だとすれば、この白鳥宮に逃げてきた自分は、まんまとザビーネの罠に嵌まったことになる。

「このままで、いいのですか？」

「……え？」

騎士が射抜くような瞳でフェリシアを真っすぐに見つめている。なぜか目を逸らせずに、フェリシアは彼の視線を受け止めた。

「このままでは、ザビーネ公爵令嬢が陛下の側妃となり世継ぎをもうけることになるでしょう。それで貴女はいいのですか？　側妃とはいえ、世継ぎが出来れば実質ザビーネ令嬢が王妃も同然だ。陛下の愛も子供も、すべてザビーネ令嬢が手に入れることになるのですよ」

　これまで考えないようにしていた現実を突きつけられ、フェリシアから再び涙がぽろぽろと零れた。

　――そんなのいやだ。

　ずっとずっとフェリシアが小さい頃から夢見て思い描いてきたのだ。

　レイナルドの子を産み、たくさんの子供に囲まれ愛ある家庭を築きあげることを。

　まだレイナルドをこんなに愛しているというのに……。

　でも、もう時は戻せない。

　莫迦な嫉妬心でレイナルドを疑い、意固地になったせいで彼の真実を伝えようとする気持ちをことごとくはねのけ酷い仕打ちをしてしまったのだ。

「私の……、ひっく、私のせいだわ……」

　きっとレイナルドも私に信じてもらえずどんなに苦しんだことだろう。

　それでも、もう彼からはなんの音沙汰もない。

　彼を信じない自分、意固地な妻に呆れ、きっと私に抱いていた愛情も消え去ったのだ。

もうレイナルドに愛されることは二度とない。

私は嫉妬に塗れて真実を見ようともせず、彼の愛を無碍《むげ》に踏みにじってしまったのだ……。

「うっ、っく……、レイナルド……っ」

フェリシアが膝に伏して泣くと、その騎士がフェリシアの頭を優しく撫でた。普通なら親密すぎる行為なのだが、あまりに嘆いているので慰めてくれているのだろう。

「いい子だから泣かないで……」

なぜかその騎士が、苦しげな声を出す。だが、泣き伏しているフェリシアはそのことには気が回らなかった。

ひとしきり泣いて目をはらした後、フェリシアは騎士に微笑んだ。

「真実を伝えに来てくださってありがとう。レイナルドの心を疑った私が莫迦でした。彼の愛が本当だったと知ってこれ以上の喜びはありません。ですが、もうレイナルドは私に愛想が尽きていると思います。私はここで一生レイナルドの幸せを祈っています」

フェリシアがきっぱり言うと、その騎士は皮肉っぽく口角をあげた。なんだか癇《かん》に障るような不敵な微笑みだ。

「なるほど、優等生の王族らしきお返事ですね。もう一度言いましょう。ザビーネは貴女や陛下を罠にかけて騙し、二人の間に生まれるはずだったかもしれない赤ん坊の命を摘んだ。そんな女性を伴侶として、陛下は本当に幸せになれるのでしょうか？」

「な――っ」

フェリシアは痛いほど自分の手を握る。

本当は嫌だ。見たくもない。

ザビーネがレイナルドの赤ん坊を腕に抱いている所など。生まれてきたかもしれない私とレイナルドの赤ちゃんの命の芽を摘んだのだ。

「陛下がザビーネを召して彼女に子種を注ぐ、それを貴女は許せるのですか？」

「――っ、い……いやっ！　絶対に嫌っ！　レイナルドを愛しているの。そんなの許せない！　でも、どうしようもないもの！　議会で決まったのなら、いくらレイナルドでもそれを覆すことはできないわ……！」

感極まって立ち上がり、フェリシアは泣きながら声を荒げた。その騎士はフェリシアを腕に抱いて落ち着かせるように背中を撫でた。

レイナルドと同じような逞しい胸とその温もりに、ほんの一瞬縋ってしまったが、すぐにフェリシアは彼の腕の中から離れて後ずさった。

「王妃様、貴女の本当の気持ちを聞きたかったのですよ。いいですか、これからオルレアン公爵の策略をお伝えします。ですが、あなたの陛下に対する愛がなければきっとこの秘密の計画は成功しないでしょう。もし、あなたが陛下を誰にも渡したくないとお思いなら、この策略をお話しいたします」

「――誰にも渡したくありません」

フェリシアが即答するとその騎士は、にっこりと微笑んだ。

「オルレアン公爵はじめ、王統派の貴族はギラー公爵の娘が側妃となり、彼女が世継ぎを儲けることを阻止するつもりです。彼らは貴族らに賄賂をばらまき、勢力を拡大しています。ギラー公爵は娘になんとしても世継ぎを産ませ、将来の王父《おうふ》として権力を握る算段でいます」

「そんな……。ではレイナルドはどうなるの？」

「よくて毒殺でしょうか。世継ぎが生まれれば、目障りな陛下を暗殺しようとするでしょうね。まぁ、ザビーネ令嬢はそこまでは考えていないと思いますが」

フェリシアは息を呑んだ。そんな卑劣なことをあの優しそうなギラー公爵が考えていたなんて……。人は見かけによらないものだ。

自分が傍にいて、レイナルドを守れればどんなによかったことか。

「心配には及びません。陛下はやすやすと毒殺などされませんから。ですが、このままでは、ザビーネが側妃になってしまう。彼女との間に世継ぎができるのだけは阻止したい」

「でも、どうするの……？　議会で側妃候補を迎えることが決まったのでしょう？」

フェリシアが心配そうに騎士を見返すと、その騎士はフェリシアをじろりと舐めるように見た。

なんだかまるでレイナルドに見つめられた時のように、ぞくっとして身を震わせる。

「実は、議会で決まった側妃候補は一人だけではありません。陛下と閨を共にし、先に身籠った方が側妃となります。今回、公平を期して王統派の筆頭、オルレアン公爵からも側妃候補を献上することになりました」

フェリシアは今度こそ、息の根が止まるかと思った。

ブライアス・オルレアン公爵は、貴族派がこれ以上権力を握らないよう、もう一人の側妃候補をレイナルドに献上するのだ。

でも、レイナルドの命を守るためなら仕方がない。

刺すような胸の痛みに堪えて顔を歪めると、騎士がフェリシアの頰を大きな手で包み小さな顔を掬い上げた。

いっとき二人の視線が絡みあう。

仮面の奥の瞳の色は影になっていてよく分からないが、この湖のように奥深い。

「貴女にしかできないことです。貴女はこれから別人に生まれ変わり、オルレアン公爵の遠縁の令嬢になりすまし、陛下の側妃として世継ぎを産んでもらいます」

「――なんですって⁉」

フェリシアはそのあと絶句したまま目を剝いた。

訳が分からない。

別人に生まれ変わるってどうするの？

じゃあ、いったい王妃の私《フェリシア》はどうなるの……？

目の前の視界が急にぐにゃりと歪む。フェリシアが意識が遠のいていくのを感じたとき、その騎士が倒れそうになった彼女を抱き上げた。

「――散々待ったんだ。もう待つつもりはないよ」

騎士は気を失ったフェリシアを抱き上げて、その顔を愛し気に見下ろしていた。

＊　＊　＊

その翌日。

カタコトと車輪が小気味よく回る音が響き、馬車の外からは時折、小鳥の囀《さえず》りが聞こえてくる。

フェリシアは騎士のユーグと一緒に迎えに来た叔母のメアリ・ティルフォード侯爵婦人と再会し、彼女の夫と三人でこぢんまりした居心地のいい馬車に揺られていた。

昨日、突拍子もない策略を打ち明けた黒いマントの騎士ユーグは、馬車の隣で他の護衛の騎士たちと共に馬に乗り、寡黙に口元を引き結んで随行している。

フェリシアはこの思いがけない展開に、まだ心が順応していない。

叔母が楽しそうに話しかけてくるが、上の空で相槌を打つだけで物思いに耽っている。

実は昨日、フェリシアが意識を取り戻すと目の前には叔母のメアリがいて、フェリシアのことをぎゅっと抱きしめた。

叔母が来ていた事にも驚かされたが、ユーグやオルレアン公爵の計画は用意周到だった。

いくら別居しているとはいえ、王妃であるフェリシアが白鳥宮から忽然《こつぜん》と姿を消すとまずい。そのため、表向きは叔母のメアリと一緒に国内の周遊旅行に出かけることとなった。

そして途中の分かれ道で、フェリシアはユーグと二人で密かに王都に向かう手筈になっている。

「フェリシア、私たちはもちろん王統派だからオルレアン公爵に協力します。でもね、忘れないでほしいの。貴女は結婚式の時にそれは幸せそうな顔で陛下を見つめていたわ。なによりフェリシアに一番幸せになってほしいのよ」

「……メアリ叔母さま、ありがとうございます」

「あの騎士のユーグは、オルレアン公爵の腹心の部下らしいから信頼して大丈夫よ。危険なことがあれば、命を顧みずに助けてくれるはずだから」

フェリシア達はメアリ叔母と森の中の分岐点で別れることになった。

これからはユーグと騎馬で移動するため、毛皮で裏打ちされた暖かいコートを羽織る。するとすぐにユーグがフェリシアを馬上に軽々と抱き上げ、自分の前にすっぽりと座らせた。

「では王妃様、行きますすよ。しっかり摑まっていてください」

「ひゃっ」

ユーグがあまりに勢いよく鐙を蹴りだしたものだから、フェリシアは慌てて彼の身体にしがみ付いた。

叔母たちに別れの挨拶をする暇もない。

今さっきまで乗っていた馬車がみるみる遠くなり、叔母たちが手を振っているのが小さく見えた。フェリシアも何とか片手を上げて振り返す。

これからはこのかなり強引なユーグと王都を目指すことになる。

でもオルレアン公爵から遣わされた彼を信頼しているとはいえ、不安もある。

ユーグが昨日言っていた、別人に生まれ変わるって一体どうするというのだろう。

たまにお年寄りの貴婦人が、薄くなった髪の毛を隠すために鬘《かつら》をつけていることがある。それを使って変装するにしても、レイナルド本人や目ざといザビーネにバレてしまうのではないか。

フェリシアはそう考えながら、自分がユーグにぴったりとしがみ付いていたことに気が付いた。

その体躯は騎士だけあって、レイナルドと同じように筋肉がついて逞しい。軍人のせいか、背恰好もほぼ似ていた。

気恥ずかしくなって離れようとすると、ユーグが手綱を片手で操り、背中からもう片方の手をフェリシアに回して自分の胸にぐっと引き寄せる。

「あ……」

温かなぬくもりとユーグの鼓動が伝わってくる。

フェリシアはなぜかいっとき、安心感に包まれた。それでもレイナルド以外の殿方の胸にしばし顔を埋めてしまった自分に罪の意識を感じてしまう。

少しだけ離れようとすると、頭上から揺るぎない声が降ってくる。

「この道はバランスを崩しやすく危険だ。しっかり私に摑まっていないと危ない」

「わ、わかったわ……」

殿方と二人で一つの馬に乗る機会がなかったため、フェリシアの心は妙に騒めいた。

山道を登ったり下りたりしているうちに夕方になり、ようやく王都に向かう街道沿いにある宿場街までやってきた。

いくつか並ぶ宿のうち、ユーグはさほど高級でもなく、かといって安くもなさそうな宿の門をくぐると、馬丁に手綱をあずけ、たっぷりの水とエサを指示しながらフェリシアの腰を抱いて馬から下ろす。

「貴族が使う宿ではないが、ここはそこそこ居心地のいいベッドと美味い食事がある。貴族の使う宿で、誰か知り合いに見咎められたら困るからね」

なるほどそういうことかとフェリシアは納得して、こくんと頷いた。

「それと呼び名だな……。さすがに王妃様だとまずい。——シア、と呼ぶよ。見かけ上、夫婦として同じ部屋に泊る。その方が君を守りやすい、いいね？」

一瞬、ドキッとしたが彼は主人に忠誠を誓った騎士でもある。レイナルドが信頼を寄せているブライラス・オルレアン公の騎士なら、無体なことはしないはず。

フェリシアは黙って頷いた。

宿の中は、ラベンダーやセージなどのハーブが食堂にいくつも吊り下がり、窓の外からは夕日が差し込んでいて、厨房からシチューのいいにおいが漂ってきた。

フェリシアはカウンターで宿帳に名前を書くユーグの隣にいたのだが、思わずぐぅとお腹が鳴る。宿屋のおかみさんにも聞こえてしまったようだ。

フェリシアは正直な自分のお腹を呪って、顔を真っ赤にする。

「あらぁ、奥様、いい音だこと。なんなら先にビーフシチューをお持ちしますよ」

「――ふ、シア。先に夕食をもらってから湯浴みをするといい。さ、部屋に行こう」

まるで夫婦のようにユーグがフェリシアの腰を抱いて二階に案内する。

あらかじめ部屋を予約してあったようで、二人は怪しまれずにすんなりと部屋の鍵を受け取った。

ユーグに案内された部屋は、二階の廊下の突き当りにあった。可愛い緑色の扉を開けると、部屋の中は意外と広く暖かかった。

窓際には清潔で寝心地の良さそうなベッドが二つ並んであってホッとする。

少なくともユーグと一つのベッドを分け合わずに済みそうだ。

マントを脱ぐとすぐに女中が手洗い用の水桶と、シチューとパンや果物を持ってやってきた。

「先に食べているといい。私は馬を見に行ってくる。鍵を閉めておくから部屋からは出ないように。ノックされても出てはいけないよ。いいね？」

「わかったわ。あの、すぐに戻る？」

フェリシアが部屋を出ようとするユーグのサーコートの服をちょんと摑んだ。知らない土地、知らない宿のせいか、なんとなく心細くなる。

ユーグは仮面の下で笑みを零した。

「――すぐに戻るよ」

ドアを出て行く時に、さりげなくフェリシアの身体をそっと引き寄せ、安心させるようにフェリシアをその胸に抱いた。女中達から見れば、仲の良い夫婦にしか見えない。

きっと夫婦として怪しまれないために、ユーグがこんなことをしたんだとフェリシアは思った。

食事の用意を終えた女中たちがいなくなると、フェリシアは内側から鍵をかけてせっかくのシチューが冷めないうちに食べることにした。

ビーフシチューはコクがあって思いのほか美味しく、すっかり綺麗に平らげてしまった。するとすぐに眠気が襲ってきて瞼が重くなる。

久しぶりに馬に乗って遠出をしたせいだろう。

白鳥宮でも乗馬はするが、湖の周りを少し走るだけだ。馬に乗って山をいくつも超えることなど、生まれて初めてのことだった。

少しだけ仮眠をとろうとして、ベッドに横になる。

するといつの間にかぐっすりと眠り込んでしまった。

ほどなくユーグが戻ったのにも気がつかずに、フェリシアは寝息を立てている。

「――シア？　寝たのか？」

ユーグが話しかけたがフェリシアの返事はない。彼は口元を緩めると、フェリシアの眠るベッドにぎしっと腰かけた。

ミルクのようになめらかな頰を、指であやすようにそっと撫でる。

「……シア、しばしの間、そなたのこの姿も見納めになるな……。だが、そなたがどんな姿になろうと私には君のこの姿しか目に映らないよ」

その呟きは、フェリシアに届くことはない。

ユーグはしばしフェリシアの頰を指で優しく愛撫してから、自身の仮面をとって隣のベッドの上にぽんと放り投げた。

透き通る青い瞳からは、複雑で深い想いが溢れているようだった。

ユーグはその姿を見納めるように、ひとしきりフェリシアを見つめると、体をかがめてフェリシアの唇に顔を寄せた。

小声で何かを誓うように呟くと、すやすやと寝息を立てている小さな唇に、己の唇をそっと重なりあわせていた。

＊　　　＊　　　＊

次の日の朝、フェリシアはまた毛皮で裏打ちされたマントに身を包み、ユーグの前に騎乗して王都を目指していた。

吐く息がちょっとだけ白くなるのは、やはり着実に北に向かい王都に近づいているのだろう。

二人はすっかり夫婦役にも慣れ、お互いにユーグ、シア、と自然に呼び合っていた。ユーグの手綱さばきは素晴らしく高い技術がある。

フェリシアの知る限り、馬の名手のレイナルドにも引けをとらないものだった。オルレアン公爵が信頼しているというのも頷ける。

だが人目を避けるためなのか王都へ続く街道とは外れているらしく、くねくねした森の中の道を進んでいる。

とはいえ道に迷ったわけではないようだ。

ユーグは器用に手綱を操り、確かに道を選んで目的地に向かって進んでいる。

ゆるやかな坂を半時ほど下っていくと、小川の畔に一軒の古びたレンガ造りの可愛い家が見えた。煙突からはもくもくと白い煙が上がっている。

「……着いたよ」

ユーグはその家に近づくとフェリシアを馬から降ろし、近くの木に馬を繋ぐ。

「ここはどこ？　誰の家なの……？」

不安げな顔でユーグを見上げると、彼はフェリシアの頬を両手で包んだ。

「――シア……、この前言ったこと、陛下を誰にも渡したくないと言った気持ちは今も変わらないか？　ザビーネやギラー公爵と、これから王宮で渡り合うことになる。その覚悟はあるか？」

フェリシアはユーグを見上げた。

この間、フェリシアが言ったことは本心だ。

レイナルドが今も好き。心から愛している。四年も会っていないが、彼が自分のこと――フェリシアを忘れてしまっていたとしても、私にはレイナルドしかいない。

離れてみてもレイナルドを忘れることなんてできなかった。

側にいない分、レイナルドがいつもフェリシアの心の大切な場所にずっといて、切ないほどに彼への愛が溢れて止まらない。

夜に満天の星を見上げても、ただ一つの光だけを探してしまう。

レイナルドというたった一つの星だけを。

「変わりません……。それにレイナルドとの間に、生まれるかもしれなかった命の芽を摘んだザビーネを許すことはできないわ」

フェリシアが一筋の涙を零した。

悲しみの涙ではなく、揺るぎない決意の籠った涙だった。

「……いい子だ。きっとうまくいく。私のことも信じて欲しい」

ユーグはフェリシアを抱き寄せてぎゅっとその腕の中に包み込んだ。

フェリシアはいっときユーグの胸に甘えることにした。彼からもギラー公爵への憎しみや嫌悪が伝わってくる。きっと彼にも打ち明けられない過去があるのかもしれない。

「そこのあんたたち！　いつまで外で突っ立っているつもりだい？　待ちくたびれたよ」

突然かけられた声に、フェリシアがぱっとユーグから離れた。

ユーグは舌打ちしてフェリシアが離れるのを許した。

レンガ造りの扉の前に、白銀の髪に黒いマントを被り、杖を突いた魔女のようなおばあさんが立っている。なんだか恐ろし気な風体《ふうてい》だ。

「ほら、そこのお嬢ちゃん、寒いんだから早く中にお入り！　そこの黒くて背の高いあんたも」

フェリシアがユーグを見ると、彼は少し眉を顰めながら大丈夫だよと頷いた。

二人はちょっと短気そうなおばあさんに急かされながら、その家へと入って行く。


フェリシアがおそるおそる扉をくぐると、中は少しだけ薄暗かった。

中央には大きな樫の木のテーブルがあり、壁際の棚には様々な種類の薬草のつまった瓶がずらりと並んでいる。そしてよく分からない液体の入った瓶もたくさんあった。

「まずはココアでも飲んで温まるといいよ」

おばあさんが奥から、湯気のたった飲み物のカップを二つ、トレーに乗せて持ってきた。

実際、外は寒かったので温かな飲み物はありがたい。

フェリシアは毛皮のコートを脱ぐと、テーブルに座ってココアを飲んだ。フェリシアの隣にユーグも座る。彼に出されたのはホットワインのようだ。

「あの、……シア、と申します。温かなココアをありがとう。あなたは？」

フェリシアが問うとおばあさんがニヤリと笑った。

「ふふ、可愛いお嬢ちゃんだね。わたしは治療師のモリー。でも魔女と呼ぶ人もいるけどね」

「彼女は見た目は悪いが、国王に信頼されている魔法使いだ。ローデンヴェイク王家はその昔から魔力と縁が深い。彼女は王家専属の魔術師の一人なんだが、ローデンヴェイク王家に専属魔術師がいることはごく一部の者たちを除いて伏せられている」

ユーグの言葉にフェリシアは目を丸くした。

ローデンヴェイク王家は、数千年前から王国を築き上げてきたが、魔力と縁が深いというのは初耳だった。

「見た目など、とるに足らないこと。真実は内にある。人は見たいものを見るのさ。外見に意味はない」

お年寄りとは思えない自信たっぷりの口調でおばあさんが鼻をふんと鳴らしながら言った。

――このおばあさんが魔女？

王家専属の魔術師がいたなんて、にわかには信じがたい。

「じゃあ、レイナルドも……陛下も魔法が使えるの？」

おばあさんが口を挟もうとするのをユーグが遮った。

「大きな魔法が使えるわけじゃない。たとえば人間性が清らかかどうか感覚的に見抜くことが出来る。その程度だ」

「そんなのはあたしからしたら、魔法のうちに入らないけどね」

くっくと笑いながらおばあさんがフェリシアの前に小瓶を二つ差し出した。

「まずはこの緑の小瓶を飲むといい。これは見た目が別人になる魔法薬だ。そしてこっちの茶色い小瓶。これは元の姿に戻る薬。これは一本きりしかない貴重な薬だよ。どんな傷も直し、どんな魔法や毒も解毒する薬だ。どちらも一度きりしか使えない。飲むか飲まないかを決めるのはあんただ」

フェリシアはその小瓶を凝視して、ごくりと喉を鳴らした。

レイナルドは法律で定められたとおり側妃を娶らなければならない。ギラー公爵の娘ザビーネか、別人になったフェリシアのどちらかを。

閨を共にして先に身籠った方が彼の側妃となる。

レイナルドが自分以外の誰かと肌を重ねることをあれほど嫌悪していたというのに、今はその役目を自分が担うことになる。

半ばレイナルドを騙すようなものだ。

それでも別人になった自分が先に身籠り側妃となれば、彼がギラー公爵に暗殺される怖れはなくなる。

その代わりずっと別人として生きていくことになる。

フェリシアを、今の私を捨てて。

――そんなことが出来る？

その覚悟があるのかと問われれば正直自信はない。だけど、こんな事態を招いたのも自分の責任だ。あの時、レイナルドを信じてその腕に飛び込んでいれば、彼は側妃を迎えずに済み、もしかしたら二人の間には赤ちゃんができていたのかもしれないのだ。

結局、四年間も頑なにレイナルドを拒み、彼の愛を信じられなかった自分のせい。

私が犯した過ちのせいで、レイナルドの命を脅かすことはできない。

「緑色の方を飲めばいいのね？」

フェリシアの心は決まった。このままレイナルドをやすやすと死なせるわけにはいかない。

緑色の小瓶を手に取り、その蓋を開けた。

怖気づきそうになる気持ちを振るい落すように、中の液体を一息にごくりと飲み干した。

度数の高いお酒のように灼けるような熱さが喉を伝わっていく。

すると途端に身体がぶるぶる震えたかと思うと、高熱が出たように火照りだし、動悸が激しくなった。

目の前の視界もぐにゃりと歪んで、霞んでいく。意識までも底なしの暗闇の中に引き摺り込まれていった。

「レイ……ナルド………」

「――フェリシアっ」

ユーグがテーブルに突っ伏したフェリシアを抱き上げた。

ぎろりと魔女を睨みつける。

「本当に大丈夫なんだろうな」

「別人に生まれ変わるんだ。身体に全く衝撃がないわけじゃない。一晩かけてゆっくりとその姿が変わっていく。奥に寝室があるからそこにお嬢ちゃんを寝かせてやるといい」

「彼女の身に何かあったらタダじゃおかない。いいな？」

腕の中のフェリシアを大事そうに抱えて、ユーグが奥の部屋へと消えて行った。

魔女のモリーはその後ろ姿を見て、やれやれと肩を竦めた。

「全く、あたしら王家専属魔術師は、主《あるじ》に逆らいたくとも逆らえないんですよ。古《いにしえ》の神との契約でね。我が君――」

モリーはそう独り言ちてから、未来が見える水晶を取り出した。

「ほーう、あのお嬢ちゃんも、なかなか頑張っているじゃないか」

水晶の中に映るものを見て、一人、くつくつと笑っていた。

第五章　仮初めの子づくり

――翌日、奇妙な感じがしてフェリシアは目が覚めた。

自分の様でいて、自分じゃないような感覚。

なんとなく居心地の悪い気がして、体を起こす。するとはらりと髪の毛がひと房、目の前に垂れてきた。

見慣れたルビー色の髪の毛ではなく、どこにでもあるような地味な栗色だ。その髪の色を見てはっとする。

――もしかして。

急いでベッドから飛び降り、壁にある鏡を覗き込んでみた。

そこには見たこともない若い女性がいた。

栗色の髪、はしばみ色の瞳。

取り立てて美人でもないが、特に目につくような不満なところはない。しいていえば、特徴のない大人しい顔だ。それでもにこりと笑えば、愛嬌のある可愛らしい顔立ちとも言えなくもない。

——ごく普通のどこにでもいる女の子。

フェリシアの第一印象はそれだった。

おばあさんやユーグの言ったとおり、見た目がまるきり別人になったのだ。

鏡に映る自分の中に、フェリシアの面影を探してみるがどこにもない。黄昏時のような髪も、どこまでも広がるエメラルドグリーンの海のような瞳も。

自分がフェリシアだと言っても、誰も信じないだろう。

きっとレイナルドさえも……。

だからと言って悲しんでなどいられない。オルレアン公爵とユーグの計画通り、別人になったのだ。

とはいえフェリシアは不安になる。

ザビーネは絶世の美人だ。はっきりいって、この冴えない容姿でまさに傾国の美女であるザビーネと競い、レイナルドの寵愛をうけることは難しいのではないだろうか。

できればザビーネより美人に生まれ変わって、彼女に勝ち誇った笑みを浮かべたかった。

——あのおばあさん、本当に王族専属の魔術師なのかしら？

腕が鈍っているとしか思えない。

せめて美人に、という注文を付け忘れた自分にもがっくりきてしまう。

フェリシアが少しでもよく見えるような角度はないかと鏡を覗き込んでいると、ガチャリと音を立ててユーグが部屋に入ってきた。

洗面用の水の入った桶とタオルを持っている。

フェリシアと目が合うと、一瞬、目を見開いてからプッと噴きだした。

「もう、笑わないで！　せっかくなら美人にしてほしかったわ！」

フェリシアがむくれると、ユーグは腹を抱えながら笑い転げた。

「いや、その姿も可愛らしい……。君に似合っている」

フェリシアはますますむっとした。

「色仕掛けでレイナルドを落とさないといけないのに、これじゃ無理だわ。始めからザビーネに負けてしまっているもの」

フェリシアが鏡をまたのぞき込むと、ユーグが近づいてきた。

「昨日も言ったはずだ。陛下は人間性が見通せる。清い心かそうでないかぐらいは分かるだろう。それに国の将来がかかっている。見た目だけで側妃を選ぶことはない」

ユーグは前にそうしたように、フェリシアの栗色の髪を掬いあげると敬愛を込めて口づけた。

以前のフェリシアと変わらずに、忠誠を誓うようなその仕草にちょっと安心する。

「それに君にはザビーネよりすばらしく勝っているものがある」

「えっ？　そんなのあったかしら……」

思い返せば、王族ではあるが立ち居振る舞いはザビーネの方が優雅だ。それに刺繍の腕だって、彼女には勝てるはずもなく。

勝っているとするならば、乗馬ぐらいなものだろう。

でも乗馬が勝っていたとしても、なんの得にもならないではないか。

フェリシアが首をかしげると、ユーグが口角をあげフェリシアの耳元で囁いた。

「陛下との夜の相性だよ」

「――っ」

とたんに沸騰したように顔が赤くなる。

「なんでも陛下は、夜ごと君を召して、明け方までたっぷりと交わっていたとか。顔が変わっても身体は前のまま変わらない。きっと夜の相性はぴったりなはずだ。一晩に何度も陛下の吐精を受ければ、それだけ身籠りやすくなる」

フェリシアはユーグのあまりの露骨な物言いに恥ずかしくなり、彼を手で押しやってバタバタと部屋を出て行った。

――もう、なんてことを言い出すのかしら。

それでもあながち間違ってはいない。フェリシアもレイナルドにまたたっぷりと愛されることを心のどこかで期待していたからだ。

その反面、心に何かがつっかえているのも事実だった。

これまでレイナルドと過ごした親密なひと時は、フェリシアとして分かち合っていたものだ。

けれど今回は違う。

中身は当人《フェリシア》でも、今は別人。レイナルドは違う女性を抱くことになる。

でもそれもこれも結局、自分が蒔いた種。

頑なに彼を拒絶し、レイナルドの元に戻らなかったせいで、子を成せないまま五年の月日が経ってしまったからだ。

それゆえ王の務めとして、やむなく側妃を迎えることになってしまったから。

国王でも議会の取り決めを覆すことが出来ないのだ。

本心ではレイナルドの腕の中が堪らなく恋しい。彼の愛撫を受けたいけれど、違う女性をその腕に抱いてほしくない。

そんな矛盾した想いが交錯する。それでも耐えなければいけない。

今度こそ逃げたりはしない。レイナルドを守るために、ザビーネになど負けてはいられない。

＊　　＊　　＊

その日のうちにおばあさんの家を後にして、フェリシア達はようやく王都の中心に入っていた。

四年ぶりの王都は、のどかな白鳥宮と違って活気に溢れていた。

ずらりと立ち並ぶ豪奢なお屋敷の数々に、教会や学校、病院もあちこちに点在している。

馬車が行き交い、洒落た貴婦人や見目麗しい紳士たちが散歩をして楽しんでいる。お店の軒先には露店も並び、夕食の買い物の客で賑わっていた。

フェリシアはまるで初めて王都に来たときのように、きょろきょろと辺りを見回した。それでも意識せずにはいられない。

フェリシアの眼前の丘陵にそびえる壮大な王城を。

城の一番高い塔の上には、獅子の紋章をかたどったローデンヴェイクの国旗がはためいている。レイナルドが城にいるという印だった。

本来、王妃がいればその隣の塔にも国旗があがるはずなのだが、そこにはなんの旗も掲げられていなかった。

とたんに自責の念が湧き、胸が後悔でいっぱいになる。王妃の役目も果たさずに、ずっとレイナルドを独りぼっちにさせてしまっていた自分に。

「さぁ、着いたよ」

はっとして顔を上げると、ユーグは王城ではなく、近くにある大きなお屋敷の門をくぐっていた。

どこかの大貴族の屋敷らしかった。

目立たぬように裏口から通されたのはこの屋敷の主《あるじ》の書斎らしい。

マホガニーの重厚な机の前で待っていたのは、なんとブライラス・オルレアン公爵だった。

「お待ちしておりました。――フェリシアさま、ですね？」

ブライラスが跪いてフェリシアの手に口づけをする。

なんだかやけに長く口づけていると思ったとき、隣にいたユーグがチッと舌打ちするのが聞こえてきた。

「ふふ、再会できたのが嬉しくてつい。これはまた、お可愛らしいお姿に。ユーグから聞いているかと思いますが、今一度、確認いたしましょう。この計画にはフェリシア様のお力が必要不可欠です。ご協力して頂けますか？」

にこやかな笑みを湛えているが、やはり宰相だ。フェリシアを見つめる眼光は鋭い。

「――私のせいでレイナルドは側妃を娶らねばならなくなりました。私が彼を信じてあげなかったせいで……。レイナルドを……、陛下を私の過ちのせいで、みすみすギラー公爵に暗殺させるわけにはいきません」

ブライラスは頷くとフェリシアに座るように勧めた。

「今後のことを打ち合わせしましょう。明日、王城で側妃候補としてあなたを登城させます。その場に、ギラー公爵とザビーネ令嬢も参ります。大丈夫ですか？」

フェリシアに不安がよぎる。

ザビーネには何度も姑息な手を使って騙されたからだ。すると隣にいたユーグがフェリシアの手を握った。

「不安がることはない。私も陰ながら見守っている。だから危害を加えられることはない」

ユーグの力強い言葉に、自信が湧いてきた。フェリシアはこくんとブライラスに頷いた。

「側妃候補は、交互に三日三晩、陛下と交わることになります。先に身籠った方が正式に側妃として認められることになる。今回の計画は王党派の筆頭である私の独断なので、陛下はあなたがフェリシア様だと存じていません。ただの側妃候補の令嬢として陛下と閨を共にすることになる」

「……でもザビーネが先に身籠ったら……?」

「それはまずないでしょう。実は、ローデンヴェイクの王家の血筋は不思議なもので、魂が汚れている女性と交わっても子を成すことはありませんでした。数千年の歴史の中で分かってきたことです。系譜を見ると陰謀を企んで嫁いだ妃からは世継ぎが生まれていません。清い魂をもつ女性にのみ、王家の血筋が引き継がれてきたのですよ」

フェリシアは目を瞠った。

ローデンヴェイク王家は神に祝福された王家なのだと聞いたことがあったが、その血筋に本当に神の恩恵を受けていたのだ。

「でも、私の魂は清いかしら……」

フェリシアは不安になった。なぜならレイナルドを信じずに彼の心を裏切ってしまったのだ。自分も清い魂とはいえないかもしれない。

「ふ、王妃様は謙虚ですね。陰謀を企み子を成そうとするギラー公爵家と違い、あなたは心から陛下を慕い、その命を救おうとしている。フェリシア様の魂は澄んでいますよ」

ブライラスが静かに微笑んだ。

ユーグは相変わらず、フェリシアの手を握っている。

「さて、まずお名前ですね。フェリシア様のまま陛下にお目通りすることはできません。私の遠縁の従妹、ということになっていただきます。そのための身元もぬかりなく整えました。お名前はニーナではいかがですか？　ニーナ・ド・ヴァロワ・オルレアン」

「ニーナ？」

「はい。むかし陛下が、拾ってきていなくなってしまった赤毛の子猫につけていた名前です」

「まぁ……」

新しい名前を聞いて、フェリシアは嬉しくなった。

なんだか今の自分にぴったりの名前のような気がした。

＊　　＊　　＊

その夜はユーグと別れオルレアン公の屋敷で過ごし、翌朝、フェリシアは公爵とともに王城に登城した。

四年ぶりの王城の壮麗さは変わらないが、どこか人を寄せ付けない感じがする。近衛騎士たちもフェリシアがいたときとは違って、やけにピリピリしているようだ。

「王妃様がいなくなってから、陛下の機嫌がすこぶる悪いんですよ。近衛騎士たちもいつも緊張しています」

近衛騎士と同じようにフェリシアも緊張していた。

今日は陛下に謁見するため、久しぶりに正式なドレスに着替えている。

栗色のウェーブのある髪に似合いそうな淡い黄色のドレスだった。前のルビー色の髪の毛では、絶対に合わない色だが、これはこれで可愛く仕上がっているのではないか。

今朝は念入りにブラッシングをしたから少しは髪も艶めいてくれればいいのだけど。

地味なはしばみ色の瞳も、たっぷり睡眠をとったおかげで、多少は輝いて見えるかもしれない。

レイナルドもなんとかこの見た目を気に入ってくれるのではないだろうか。

そう思っていたのだが、ブライラスのエスコートで大広間に入ると、その考えはことごとく打ちのめされた。

ギラー公爵の隣には、淡いラベンダー色のシフォンを重ねたドレスを身に纏い、黒曜石のような艶やかな髪を結い上げたザビーネがいた。

美しい肌は絹織物のような輝きを放ち、頬は李《すもも》のような赤みがさして瑞々しい。まさに、誰もが目を瞠るほどの美しさだった。

四年の月日が流れたとは思えない。彼女の周りだけ別世界のような、優美でたおやかで、そして艶めいていた。

まさに美が滴っている感じだ。彼女に比べると自分など誰の目にも入っていない。鳥で言えば、孔雀と雀のよう。

百人の紳士がいたら、百人ともザビーネを賛美するはずだ。

とたんに怖気づきそうになるも、フェリシアは負けじと胸を張った。

あのおばあさんも言っていたではないか。見た目など、とるに足らないこと。真実は内にある、と。

レイナルドは見た目など気にしない……。

――うん。できれば、そう信じたい……のだが。

心の声が小さく消え入りそうになるも、フェリシアは不安を打ち消した。

ふと視線を感じると、ザビーネがフェリシアを吟味するように見つめている。

頭のてっぺんから足元までじっくりと見下ろすと、柘榴色の唇でくすっと勝ち誇ったような笑みを零した。

フェリシアはカッとなって頬を赤くする。

彼女がニーナになったフェリシアを見て、きっと自分の相手にならないと思ったのかもしれない。

そのとき王の来訪を告げるラッパがなり、近衛騎士たちが整然と並んで入ってきた。

フェリシアたちは一斉に膝を折って王のお出ましを待つ。

近衛騎士をちらりと見上げたが、そこにユーグの姿はないようだ。

フェリシアをブライラス公爵の所に送り届けたから、とりあえずの仕事は済んで今日は非番なのかもしれない。

二人でずっと旅をしてきただけに、いよいよレイナルドと再会するときに彼がいないと、ちょっとだけ心細く寂しくなる。

「レイナルド陛下のお成りにございます」

その思いも侍従の言葉に、かき消された。

一瞬にしてその場の空気が畏怖と景仰《けいぎょう》の色に変わる。黄金の髪をなびかせ、藍色に金の刺繍入りのマントを羽織ったローデンヴェイクの国王、レイナルドが入ってきた。

真っすぐに前を見て、風を切るように威風堂々と玉座に向かう。

フェリシアは、その姿に魂が射抜かれた気がした。

人は何度も同じ人に恋をするものなのだろうか。

レイナルドの神々しい姿を一目見ただけで、フェリシアは腰から力が抜けそうになる。

四年ぶりに再会したレイナルドは少しだけ髪が伸びていたものの、若々しさは以前のままだ。

真っすぐにすっと太く伸びた眉、人々を射抜くように見開いた瞳は、氷のように研ぎ澄まされている。

肉厚な唇は、彼が愛を囁くことなど想像もできないように、きりっと硬く引き結ばれていた。

北国の王に相応しく、まるで氷のように冷ややかな空気を纏っている。

でも、その唇が優しく愛を紡ぐのをフェリシアは知っている。

彼の瞳が愛でるようにやわらかく細められるのも知っている。

言うに言われぬ懐かしさと恋情が溢れて、フェリシアはただ茫然と見つめたまま、胸が痛いほどきゅんと疼く。

堂々と胸を張って歩く姿は精悍で、逞しさが漲っていた。

――やっぱりレイナルドが好き。

私はなんと莫迦だったのだろう。変なプライドのせいで、自ら恋しいレイナルドから離れてしまうなんて……。

「顔を上げよ」

張りつめた空気の中、レイナルドの声が広間に響く。

ギラー公爵とザビーネ、オルレアン公爵とフェリシアの四人が揃って顔を上げると、レイナルドが眉一つ動かさずに四人を見下ろしていた。

とたんにフェリシアに緊張が走る。今までフェリシアとして、レイナルドからこんなに冷たい瞳を向けられたことなどなかったからだ。

――心しなくては。今はフェリシアではない。レイナルドと初対面のニーナなのだ。

「陛下におかれましては、本日もご機嫌麗しく……」

「麗しくなどない。無駄な前置きは必要ない」

　レイナルドがギラー公爵の言葉をぴしゃりと遮った。

「ギラーとオルレアン、今日はそなたらがフェリシアの代わりとなる牝馬《ひんば》を連れてきたとか。そなたらは私をただの王家の血を引く種馬ぐらいにしか思っていないのだろう」

　レイナルドが玉座で悠然と脚を組み、四人に向けて冷たく言い放った。

　隣でザビーネがぴくっと身体を震わせる。

　牝馬、と言われたことに侮辱を感じたのかもしれない。

「めっそうもございません。陛下の高貴なお血筋を未来永劫に渡って引き継いでゆくために欠かせぬことです。ローデンヴェイク王家の繁栄のためにはいたし方ありません。それゆえ、我ら臣下は我が国最高の牝馬――、ああ失礼。ご令嬢をお連れいたしました」

　さすが腹心の宰相である。

　ブライラスが眉ひとつ変えずにしれっと言う。するとまた牝馬と揶揄されたザビーネが口惜しそうにブライアスを睨みつけた。

「最高……とな」

　レイナルドの疑わしそうな視線がフェリシアに注がれた。みるみる顔を赤らめると、隣のザビーネがくすりとあざけりの笑みを漏らした。

「ブライラス、そなたの間違いを正しておこう。我が国最高の女性は我が王妃フェリシアであり、それは今も変わらない。フェリシアとの間に子ができようとできまいと、我が愛を享受できるのは王妃だけだ」

「――これは申し訳ございません。もちろん陛下の寵愛を受け、玉座の隣に座することが出来るのは王妃様のみ。私どもがお連れしたご令嬢は、フェリシア様の足元にも及びません」

するると屈辱を感じたのか、ザビーネの顔が今にも沸騰しそうなほどみるみる赤くなった。

フェリシアは逆に申し訳ない気持ちでいっぱいになった。

レイナルドはこんな時でさえ、誠実に自分の立場を大切に考えてくれている。いっそここで自分はフェリシアなのだと打ち明け、レイナルドに謝罪したい。

でも、そんなことをすれば、王を謀《たばか》ったとしてオルレアン公爵に罪が及んでしまう。

「ザビーネとニーナ……とやら、今回のことでそなたらが身籠れば、私はもう二度とそなたらと閨を供にすることはない。それでも側妃としてこの城の片隅で生きていくか、実家に帰るかは好きにすればいい。子が生まれたからといって、その一族を重用することはない。肝に銘じておけ」

「――怖れながら陛下。万一、陛下の御身に何かあれば、世継ぎの外戚として孫を守る必要がございます。それなりの立場、つまり摂政の地位はお約束して頂かねば……」

ギラー公爵が焦《あせ》り声で言うと、レイナルドが蔑《さげす》むような視線を向けた。

「不要だ」

一言だけ吐き捨てるように言う。

その場にいた誰もに緊張が漂った。ギラー公爵も三大公爵の自負からか、負けじとレイナルドの視線を受け止め、まるで一触即発の状態だ。

それなのに、朝から緊張して朝食を食べられなかったせいか、フェリシアのお腹がぐぅっとひときわ大きな音で鳴る。

フェリシアは耳まで真っ赤になった。

空気を読まずに広間に響き渡るように鳴る自分の胃袋に、内心ぎりっと歯噛みする。叱責されるのではないかと思ってレイナルドを見上げると、彼は一瞬きょとんと目を見開き、次の瞬間、腹を抱えて笑い出した。

王がこれほど笑うのは、王妃が去って以来のことだった。

その場にいた臣下や近衛らは、あっけにとられて王を見る。

「ふ、ははっ、そちらの令嬢は正直で宜しい。このようなやりとり、腹が空くのもいたし方あるまい。ブライラス、その令嬢に軽食を用意してやるように。今宵から、まずそのニーナと三日三晩閨を共にする。以上、下がってよい」

レイナルドが異論は受け付けないとばかりに玉座からすっくと立ち上がり、颯爽とその場から立ち去った。

フェリシアはその様子をぽかんとして見送った。

――まずニーナと三日三晩閨を共にする。

レイナルドはそう言ったの？　ザビーネとではなく、私から？

ザビーネとギラー公爵が、オルレアン公とフェリシアを見て忌々しそうに歯噛みした。

だが、ブライラスまでもフェリシアを見て苦笑する。彼もまた目尻に涙を浮かべていた。

「ああ、あなたという人は……。陛下が笑顔を見せたのは実に四年ぶりの事です。やはりあなただけだ」

よく分からないけれど、その場の空気を和ませるのに一役買ったらしい。

令嬢としての機智や眩いほどの美しい笑顔でもなんでもなく、お腹の空いた音だけで。

――でも、皆の前であんなに腹を抱えて笑うなんて、レイナルドも失礼じゃないかしら。

口惜し気にこちらを睨みつけるギラー公爵とザビーネに、わざとゆっくりと会釈をした
ブライラス公爵は、恭しくフェリシアの手を取った。

「ふ、あなたのおかげですべては私の計画通りです。では行きましょう」

フェリシアはブライラスに耳打ちされ、彼にエスコートされながら複雑な思いで大広間を後にした。

＊　　＊　　＊

「――はぁ、なんだかもう疲れたわ」

フェリシアは城の西棟にその居室を用意されていた。

召使いの話によれば、ザビーネは城の東棟にある特別室に案内されたらしい。

国王の寝室のある本城に住まうことが出来るのは、王の家族と親族のみだからだ。

フェリシアとザビーネは単なる側妃候補にすぎないため、来賓用の部屋に滞在することになった。

さらに三日三晩の契りは、王がいつも御寝する寝室にフェリシアたちが出向くのではなく、レイナルドがそれぞれの居室に代わるがわる渡ってくるというのだ。

それを聞いてフェリシアは、複雑ながらも少しばかり嬉しくなった。

レイナルドの部屋の寝台はフェリシアが純潔を捧げた神聖な場所でもある。その寝台にザビーネが横たわると思うと、心が引きちぎられそうにもなった。

離れてはいても、レイナルドがずっとフェリシアとの閨の思い出を大切にしてくれているような気がして、四年間も彼の想いを無視するなんて酷いことをしたと心が痛む。

「ニーナさま、それでは私共は下がらせていただきます。ほどなく王がお渡りになりますゆえ。お心静かにお待ちくださいますよう。滞りなくお務めが果たせますようお祈りしております」

召使いたちがお辞儀をしながら速やかに下がると、フェリシアはなんだか初夜の時よりも緊張した。

もちろん、今宵の準備は万端である。

レイナルドへの謁見の後、フェリシアはこの部屋に案内されるなり、召使い達によって湯浴みをさせられ身体をぴかぴかに磨き上げられたのだ。

なんでもオルレアン公爵自ら、王都で人気の貴族の婦人専用美容サロンに特別に出張をお願いしたという。

隅から隅まで綺麗に洗われ、香油をたっぷりと体に塗りたくられた。

その気迫は凄いものがある。

彼女たちにもプライドがあるのか、ザビーネよりも見劣りのするフェリシアをなんとか美しくしようと、身体だけではなく爪のひとつひとつに至るまで、念入りに磨いたりと必死になっていた。

「ま、まぁ、ほほ、ニーナさまのお爪は南の島の桜貝のようですね。王妃様も同じようなお爪だったと聞いていますわ。陛下はきっと気に入られますわよ」

「そうですわよ。脚のお爪なんて、こんなに小っちゃくて」

爪の形を絶賛する召使いに、フェリシアはうすら寒い微笑みを返す。

まるでそれ以外に、褒めるところがないみたいではないか。

でも爪の形よりも、もっと心配なことがあった。

見た目は別人なものの、フェリシアは純潔ではない。レイナルドに生娘ではないとバレて不審に思われないだろうかと不安になる。

思い切ってブライラス公爵に相談しようと思ったけれど、王城の中は人が多くて二人きりで話すことはできなかった。

結局、なんの対処もできずにレイナルドを待つことになってしまう。

「王のお渡りにございます」

天井まである重厚な扉の外から声が響き、音もなくレイナルドが部屋に入ってくる。

逞しい体軀が仄かな部屋の灯りに照らし出されると、フェリシアの胸は高鳴りを増した。彼も湯浴みを済ませたようで、部屋に足を踏み入れただけで清潔な香りが漂ってきた。

フェリシアとして初夜を迎えた、あの夜と同じようにローブ一枚だけを纏っている。

「そなたが、ブライラスの連れてきたニーナか?」

レイナルドがすぐに近寄って、フェリシアの小さな頤《おとがい》に手を掛けた。

「ほーう、よく見れば愛嬌のある可愛い顔をしているな」

揶揄いを含んだ声に、ぐっと声が詰まり顔が赤く染まる。

「ど、どうせザビーネ様には叶いません……」

ニーナとしての挨拶も忘れてつい、言い返してしまう。フェリシアがぱっと身体を背けると、レイナルドがいきなり髪をかき上げうなじに口づけてきた。

「ひぁ……」

四年前と変わらぬ熱い唇の温度を感じ、一瞬で腰から力が抜けて蕩けそうになってしまう。

「そんなことはない。そなたはそなたの可愛らしさがある。人と比べるのは愚かなことだ」

華奢な肩に手をかけてフェリシアの薄い純白のローブを抜き取り、するりと床へと落とす。

ほっそりしたうなじから背筋を辿るように、熱い唇が肌を甘く啄んでいく。

それが妃のフェリシアではなく、別人のニーナに与えられているというのに、頭の先から爪の先まで快感の痺れが身体を駆け抜けていく。

気持ち良さに身体が戦慄いてしまったことに気が付かれてしまったようだ。

「背中に口づけただけで感じるとは、そなたは敏感なのだな」

「か、感じてなんか……、ひゃっ」

レイナルドが後ろから乳房のまろみをすっぽりと包み込んだ。お椀型の形のいい膨らみをやわやわと形を変えるように揉みしだき、勃ちあがりかけた先端を撫でるように触れる。

たちまち刺激を受けてつんと尖った蕾をキュッと指で摘まれた。

「ひぃ……んっ」

フェリシアは堪らずに背筋を反らせてひくりと喘いでしまう。

「ふ、そなたはわが妃と同じ位、感じやすい」

両手ですっぽりと乳房を包み、愛でるようにくりくりと先端を捏ねられた。しまいには大きな手が乳房からほっそりした腰に這い下り、また這い上がったかと思えば乳房を包んで咲き初めた蕾を指先で可愛がるようにコリコリと弄ばれる。

フェリシアの身体の線を確かめるように、ぞんぶんに肌の上を弄り撫《まさぐ》で回す。そうされると身体から力が抜け、くったりとレイナルドに背もたれてしまう。

「可愛い身体だ。褒美に口づけを与えたいが、あいにく唇は妃だけと決めているのでね。これで我慢してほしい」

レイナルドがニーナの身体をくるりと返し向かい合わせにした。散々うしろから弄んでいた乳房を両の手で掬い上げ、可愛く尖る蕾をちゅっと音を立てて咥内に含み入れる。

「あああっ……っ」

四年ぶりにレイナルドに吸われて得た快楽は、あっという間にフェリシアの理性を凌駕する。舌先でこりこりと転がされ、乳暈ごと柔らかな乳房にかぶりついたと思えば、また先端を吸い上げる。

レイナルドが長い睫毛を伏せ、乳房にかぶりつくように吸いつく様は何と淫らなのだろう。甘い疼きが全身に広がり、立っていらないほどに悶え彼が与える気持ち良さに泣きそうになる。

これが本当の自分だったら、フェリシアだったらと思わずにはいられない。

レイナルドは違う女性を愛撫しているというのに、気持ちが良くて堪らず身体が快楽に喘ぐ。

「ふ、素直でいい子だ。褒美に下の花びらに口づけてあげよう」

「ひぁっ……」

レイナルドがひょいと足元を掬い上げ、すぐ後ろの鏡台の上にフェリシアを浅く座らせた。すぐにレイナルドが覆いかぶさるように屈みこみ、フェリシアの太腿を割り開いて軽々と持ち上げる。

これから何をされるか思い至って、息が止まりそうになった。

「あ、やっ……、そこだめっ……」

「ここは気持ち良くされたくて、もうこんなに蜜を溢れさせてとろとろだ。なんだか男を知っているみたいだね」

くすりと笑みながら、レイナルドが露になった秘園に顔を寄せた。長い舌を伸ばして、花びらを割り広げるように舐め上げる。

「んぁ、あああっぅ――……」

すっかり忘れていた愉悦が蘇り、がくがくと腰を震わせた。レイナルドの長い舌が秘園をあられもなく蠢いている。

ねっとりと熱く、すこしだけざらりとした懐かしい感触に、我を忘れてしまいそうなほど感じ入ってしまう。

「もうこんなにとろとろに潤っているね。私も妃が去ってから四年も禁欲をしているのだよ。久々だから狼に豹変するかも知れないな」

レイナルドがぺろりと舌なめずりをする。その瞳に雄の欲望が滾っていた気がして、フェリシアはぞくっとした。

女性と睦みあうことが好きなレイナルドが、四年も禁欲をしていたとはにわかに信じがたい。だが正式な世継ぎができるまではと、きっと自重していたのだと気が付いた。

そのために今宵、フェリシアがニーナとしてレイナルドに召し上げられたのだ。

「我が妃はこうすると悦んだのだよ。そなたはどうかな？」

ぷちゅっと蜜の弾ける音がして、濡れそぼつ泉にレイナルドのごつごつした指が奥へ奥へと沈み込んでいく。

「ひぁ……、あ……、そこは……」

「ああ、きゅっと締まって……きついのに引き込まれていく。咥えるものを欲しがってひくひくしているよ」

指を根元まで差し入れたレイナルドが、ゆっくりと丁寧に蜜洞をほじくり始める。じゅぷじゅぷと水音を立てて抜き差しを始めると、フェリシアは我慢できずにあられもない声をあげた。

きゅっと蜜壁がすぼまり、レイナルドの指を締め上げていく。

こんなにも狂おしいほどの快感を得るとは思ってもいなかった。

とっくに忘れかけていたと思っていた快楽は、フェリシアを甘く責め苛む。この後、もっと太くて長いレイナルドの雄を挿入されると思っただけで、秘唇がひくりと期待に打ち震えてしまう。

レイナルドは中指をぐるっと回しながらありとあらゆる角度から蜜壁の形を確かめるように可愛がっている。太い指先が秘玉の裏側のざらりとした部分をねっとりと責め始めると、フェリシアはびくびくと身体を震わせた。

「ひゃっ……ぁ、そこ……あ、やぁ、だめぇっ」

「ふ……、わが妃もここが敏感だったんだよ。奇遇にもニーナもここが好きなのかな？」

「や……、だめ、そこだめ……です、おかしくなっちゃう」

「遠慮せずに思い切り乱れるといい。蜜がこんなに溢れて、ぐちゅぐちゅともの欲しそうに音を立てているよ」

指を二本に増やして掻き混ぜ始めると、一気に快楽が押し寄せた。もういっときも我慢できずに、仰け反りながら声にならない嬌声を上げた。

「――ひぁ――……んっ」

ぴゅっと蜜が吹きこぼれて、腰ががくがくと痙攣する。レイナルドの指をぎゅっと喰い締めたままぶるぶると震え、高みへと飛ばされてしまう。

「ふ、いい子だ。初めて……にしてはなかなか上手にイけたな」

レイナルドの瞳が思わせぶりに揺れた。

フェリシアの呼吸が落ち着くと、レイナルドが指をゆっくりと引き抜いた。蜜がとろとろとその後を追いかけるように零れだしていく。

引き抜かれた指には透明な蜜が滴り、レイナルドはそれを美味しそうにぺろりと舐めて味わった。

フェリシアはその淫猥さにごくりと喉を鳴らす。

「そなたの味も、我が妃と同じくらい極上だな。だがもっと濃厚な蜜を味わいたい」

「やぁ……、な、なにを……っ――」

レイナルドは太腿とぐいっと開き、開花した秘園にふぅっと息を吹きかけた。それだけでじん……と小さな秘玉がはしたなくも期待に震えあがる。

「ぷっくり膨れて顔を出しているね。ここもしゃぶって可愛がってあげよう」

ひくひくと震える蕾を愛おし気にちゅと唇で触れてから、じゅわりと音を立てて口の中にすっぽりと含み入れた。

「ふぁっ……、ああっ……」

まるで天国に連れて行かれてしまったように意識がふわりと舞い上がる。レイナルドはくりくりと舌で転がし、ちゅうちゅうと美味しそうに吸いついていた。ときおり舌で花びらをなぞられ、また敏感な蕾にじゅわっと吸いつかれた。

何度もそれを繰り返され、もうかぶりを振ることもできずに、ただひくひくと戦慄くことしかできない。

「ふぁ……、や……っ、……ァ……」

何度目かにきつく吸い上げられたとき、瞼の裏で目がくりんと回転し、フェリシアの意識がすぅっと引き上げられた。天国よりもさらに高い場所へと身も心も昇天する。

肢体には全く力が入らず、息さえするのもままならない。

蕩けきった身体のまま意識が舞い降りるのを待っていると、レイナルドが身を起こし、己の濡れた唇を手の甲で拭う。

フェリシアのとろんとした瞳を見て、その双眸に欲望を滾らせた。

「そなたの呆《ほう》けた姿も可愛ゆいな。我が妃を思い起こさせる」

レイナルドがはらりと自身のガウンを脱ぐと、獰猛に反り勃つ雄を露にした。フェリシアの腰をぐいと引き寄せ太腿を広げて、滾る雄の切っ先をぬぷりと沈み込ませていく。

「ひぁ……あ……、ああっ……」

指とは全く比べものにならない。

久しぶりに異物が入ってくる感覚に、フェリシアは喉を仰け反らせる。熱くて太い雄槍が、なんの惑いもなくフェリシア蜜壁を押し拡げた。

甘苦しくも、懐かしいその圧迫感に胸が一杯になる。

フェリシアの中を一杯に満たす肉幹を蜜洞が歓喜で迎えいれていく。まるでレイナルドの形に合わせて花が咲くように、蜜壁がじわりと狭い路《みち》を押し開いていく。

ひとつに結ばれようとするこの瞬間に、フェリシアは嬉しいのか悲しんでいいのか分からなかった。

ただ胸が一杯になり、涙が零れ落ちていく。

レイナルドが腰を深く突き入れると、ずんと重い圧迫感とじんわりとした幸福感が込み上げた。

「ニーナ、そなたと一つに繋がっている」

その決定的な言葉に、フェリシアは鼻を啜り上げる。本当は許しを乞い、フェリシアとして結ばれたかったのだ。それでも、その願いはもう叶うことがない。

「動くぞ」

レイナルドがゆっくりと雄茎を引き抜いて、律動を開始する。ぬちゅ、ぐちゅ、と卑猥な音が耳に響き、あっというまに思考が快楽に塗り替えられた。

感じる部分を的確に擦られ、つま先から這い上るたまらない快感に腰骨が戦慄く。

「そなたの中は素直で可愛いな。ほら、私を一生懸命に咥えこんでいる」

「やぁ……」

レイナルドが切っ先を奥深くへと埋めながら、またぬるりと長い刀身を引き出していく。引き出すときでさえ、媚肉が甘く震えて息も絶え絶えになってしまう。

巧みな腰使いでフェリシアの奥を掻き混ぜ、揺さぶり、切っ先で抉るように奥を打ち付ける。

まるでそこが一番感じやすいと知っているかのように、エラの張った亀頭で抉られて、フェリシアは一瞬、意識を飛ばされそうになる。

「ここが気持ちいいだろう?」

レイナルドが腰を打ち付けながら、フェリシアをじっと見降ろした。ニーナではなく、まるで違う人を見つめているような眼差しだ。

とくん――と胸が高鳴った。

まさかとは思うが、レイナルドはフェリシアをその心に思い描いているのだろうか。

――いいえ、そんなことはない。

だってレイナルドは白鳥宮に引き籠ったままの私に、きっと今も呆れているのだもの。

「ああ……、そなたの中は蕩けそうに熱い」

感じ入ったレイナルドの声に切なくなる。レイナルドの動きはより一層激しさを増し肉棒を思うまま突き入れはじめた。

「ひぁ……、おく……、やぁ……っ」

「そなたは奥が好きなのだろう？　たっぷり突いてやろう」

立て続けにずんずんと突かれて、フェリシアは乳房を揺さぶられながら、甘く苛んでくる快楽に耐えようとした。なのにまるで媚薬のように、身体じゅうが悦楽に侵されていく。

抗うことのできない欲望にいとも簡単に突き堕とされてしまう。

胎の中で脈打つレイナルドの逞しさに、キュンと蜜洞が収斂《しゅうれん》してもう離すまいとぎゅっとレイナルドを喰い締めた。

「――っ、こんなに締め付けて……。初めてにしては筋がいい」

次第にレイナルドの腰の動きが自身を高みへと極めるものへと変わっていった。最奥から蜜口までを、長い刀身を余すところなくずるりと引き抜いては大胆に腰を突き上げる。

肉竿が長いせいか、絡みついた媚肉がたっぷりと擦りあげられ、より感じ入ってしまう。

フェリシアは襲い来る快楽の波に呑まれまいと、泣きじゃくりながらいやいやとかぶりを振った。

蜜壁がきゅうきゅうレイナルドを締め上げると、恍惚の混じった荒い息がフェリシアの肌を灼く。

ぐちゅっと楔が最奥を穿った時、身体の隅々まで震えるほどのたまらない快楽が突き上げた。

「ふぁっ、あああっ――……」

フェリシアの内側から愉悦の大きな塊が生まれて粉々に砕け散り、びくんびくんと全身を震わせた。

「――っシ、ァ……」

瞬間、レイナルドの喉奥からよく聞き取れない唸り声が漏れ、雄幹がどくりと爆ぜた。

熱い飛沫が流れ込んだとき、フェリシアの心は切なく震えて涙を零す。

こんなにも深く繋がっているのに、まるで手の届かない人のように遠く感じてしまう。

ニーナとして繋がり合っても、きっとフェリシアのように心の底からの悦びを感じることはない。

身体は快感で打ち震えているのに、心は空虚な寂しさに震えていた。

それでも彼が恋しくて堪らない。

せめて目を瞑り、彼を抱きしめてその熱を肌に感じたかった。いずれ彼から離れる時が来ても、ずっとその温もりを忘れないように。

フェリシアがぎゅっと逞しい胸に縋りつくと、レイナルドはニーナをその広い胸に迎え入れた。白濁を一滴残らず迸らせながら、甘やかに抱きしめて彼女の頭に口づけを落とす。

長い吐精を終えたとき、目の前のニーナは睫毛を濡らしていつしか意識を失っていた。

レイナルドはニーナの頬を包むと、その唇に想いを乗せてたっぷりと口づけた。

「――まったく。ようやく我が手に戻ってきた」

そう独り言ちると、繋がり合ったままニーナを腕に抱き上げ、寝台へと運んで行った。

第六章　天国の扉

レイナルドと三日三晩にわたり閨を共にした翌日。

フェリシアは王城で過ごすのではなく、いったんブライラス公爵の屋敷に戻ろうと外泊許可をもらったものの、結局まだ一人で城下街にいる。

とはいえ、どこにも行く当てなどなく公園のベンチでひとり、ぽつんと景色を眺めて時間を潰していた。

ときおり、犬の散歩をしている貴族や公園で遊ぶ子供たちが目の前を通るだけ。叔母はフェリシアと旅行中ということになっているから叔母の屋敷に行けるはずもない。

だけど誰にも邪魔をされずに一人で心を整理したかった。

四年ぶりにあれほど恋しいレイナルドと交わったというのに、それが悲しくて仕方がない。

抱きしめられれば、その時は彼に溶けてしまいたくなるのに、今はただやりきれない思いでいっぱいだ。

交わった時のレイナルドの肌の感触や男らしい匂い。しなやかなに揺れる腰の動き。

そして自分の中で熱く脈動する彼の雄芯……。

かつてフェリシアだけが分かち合った親密な全てが、同じようにニーナに捧げられその肌を存分に甘く慈しんだ。なにより堪えがたいのが、レイナルドがニーナで昇り詰めて吐精したことだ。

今はもうフェリシアが与えることのできない温もりと熱い夜。二人だけのものだった時を、レイナルドはニーナと分かち合ったのだ。

実際中身はフェリシアなのだが、レイナルドはそれを知らずに別人のニーナを抱いている。

もちろん、これは世継ぎを残すため。王としての責務なのだ。

そう理解していても、フェリシアの心はそれを受け入れることが出来ない。

かといってレイナルドはニーナに愛情があるわけではない。殿方は好いた女性でなくても生理的に吐精することも知っている。それでも今のフェリシアの心は、たとえようもない絶望感に包まれていた。

けれど身体は心とは違って正直だった。

レイナルドと濃蜜に交わりあった肌は、彼の温もりを覚えていて今もこんなにもあの温もりを恋しがっている。

彼が自分にとってどんなに大切な存在であったことかをまざまざと思い知らされた。

——そう、私は今、ようやく自分の心ときちんと向き合った。

白鳥宮に引き籠ったまま、蓋をしてしまっていた本当の心。

レイナルドへの想いに形があるのだとしたら、それが自分の心の中にパズルのピースのようにぴったりと嵌まっている。レイナルドでなければその隙間を埋められない。空っぽになってしまうのだ。

彼と肌を重ね、彼を深く知るたびに好きな気持ちが溢れて切なくなる。

彼への想いが広がっていくたびに、彼を独占したくなる。

王妃として正当に愛を受けれる立場にあったのに、自分が頑なに拒絶してしまったもの、失ったものがたまらなく欲しかった。

レイナルドとその未来が――。

二人の赤ちゃんの無邪気な笑顔。父親として彼が家族に向ける微笑み。妻への愛情。

もしニーナとしてのフェリシアに子供ができたとしても、それはレイナルドが自分以外の女性と交わった証になる……。

フェリシアは三日間の同衾を終え、四日目の今朝、目覚めたときのことを思い出した。

白鳥宮にいたときと同じように、ひんやりとした空気がフェリシアの肌を彷徨っていた。

当然のようにいつも隣にあったもの、彼の温もりが消えてしまっていたことに酷く打ちのめされた。彼は決められた三日間の義務を終えたから、自室に戻ったのだろう。

フェリシアとして彼に愛されていたときは、目覚めると必ずレイナルドの温かな腕の中に包まれていたものだ。

いつもは王として冷たく冴え渡っていたレイナルドの双眸。それが自分を見つめる時だけは、まるで春の雪解け水のように柔らかな光を放ち、おはようフェリシアと、決まって目覚めのキスをくれていた。

そんな何気ないかつての日常が恋しくて堪らない。

でも彼が悪いわけじゃない。むしろ王としてローデンヴェイクの法に従い、世継ぎを儲けるという責務を淡々と全《まっと》うしただけだ。

実際、約束の三日三晩が過ぎて義務的な吐精を終えれば、役目を果たしたとばかりに、跡形もなく姿を消してしまっていた。

フェリシアの心に、ぽっかりと空いたパズルのピースの隙間だけを残して。

――そんなの分かっていたことだったのに。

叶わぬ望みをどんなに嘆いても、もう遅い。

目覚めてからひとしきり泣いた後、フェリシアは今夜から三日三晩、今度はレイナルドがザビーネと交わるのだと思うと、いてもたってもいられずに城から出ることにした。

棟は違えど同じ城の中にいて、二人が肌を重ねているのだと考えるとやっぱり心が壊れそうになる。

この容姿《ニーナ》になっていいことの一つは、フェリシアの容姿と違って全く目立たないことだ。

外出許可もすんなり貰えたし、王宮を普通に歩いていても誰も自分のことを気に留めない。

フェリシアはシンプルなモスリンのデイドレスに着替え、コートを羽織って久しぶりに城下に出ると、四年前よりさらに街が整備されているのに気が付いた。

砂利道だった裏道の路地まで石畳で舗装され、全ての道に街灯がついているせいか、夜でも明るく安全そうだ。

至る所に警備の騎士たちもいて、レイナルドが街の安全に配慮していることが窺えた。

気の向くまま街を歩き、歩き疲れてまた公園のベンチに辿り着く。

行き交う人々の様子を眺めながら物思いに耽っていると、あたりが薄暗くなったのに気が付いた。

「どこか泊まるところを探さなくちゃね」

夕刻を告げる鐘が鳴り、もうすぐ日暮れが近づいてくる。

フェリシアは立ち上がってドレスのスカートをパンパンと撫でつけた。身体も少しばかり冷えている。早めに宿をとろうとして、うろ覚えの宿屋街の方向に向かって歩を進めると、いくつか宿屋らしき看板と灯りが見えてきた。

——ここだったかしら。

狭い路地の両脇に立ち並ぶ宿屋は、フェリシアが前にレイナルドとお茶をした貴族の屋敷のような大きな宿とは違い、なんだが小ぢんまりした建物ばかりだ。

もしかして、方向を間違ったのかしら？

それでもとりあえず今夜の寝床を確保できれば、それでいい。

お城でさえなければいいのだ。

いくつか立ち並ぶ宿のうち、「天国の鍵」という看板の下がった宿に入ることにした。

なんとなく名前がロマンチックに思えたからだ。それにしても、面白い名前のついた宿がやけに多い。

看板にはエンペラーやヴィーナス、天使の誘惑、夜の楽園、なんて名前の宿もある。どれも遊び心のある名前で夢見もよさそうだ。

看板の上に灯っているランプも青や赤、桃色や紫など、色めいていてなんだかカラフルなものが多い。

「お嬢さん、その宿に入るのかい？」

フェリシアが宿の戸口に近づくと、ハンチング帽を目深に被った男が近づいてきた。

「ええ、そうしようかと思っていたところよ」

「それなら、これをあげるよ。この宿で特別なサービスを受けられるコインだよ」

「特別なサービス？」

フェリシアが聞き返すと、その男がにやっと笑みを浮かべた。

「ああ、若いお嬢さんだけに特別にあげているんだ。それをこの店の主人に見せれば、一晩、快適に過ごせる。気持ちよく、ね」

男が差し出したのは見たこともないコインだった。金色で天使と悪魔が抱き合っている彫刻《レリーフ》が刻まれている。

ローデンヴェイクに流通しているお金ではないから、記念コインのようなものなのかもしれない。

「でも、お金がかかるの？」

もしや記念コインを売りつける商売ではと不審に思って男に聞き返すと、初回はこのコインで特別にタダにしてくれると言った。

「可愛いお嬢さんだけにあげているのさ。宿の宣伝になるしね。美味しいデザートも出してくれるよ」

「まぁ、ありがとう。では遠慮なくいただくわね」

デザートに目がないフェリシアは一も二もなく、その男からコインを貰う。

いま王都で流行のデザートはどんなものなのだろう。

うきうきしながら宿に入り、受付のカウンターで新聞を広げている宿の主人らしき男に声を掛けた。

「あの、一晩、泊まりたいのですけど空いていますか」

すると宿の主人が、胡散《うさん》くさそうな顔でフェリシアの顔や衣服をじろりと一瞥した。なんだか不愛想だ。

「うーん、どうかな……」

どうかなってどういうこと？　だってここの宿の人でしょう？

「あの、さっきそこでこれを頂いたんです。この宿で特別なサービスを受けられるからって」

フェリシアが貰ったばかりのコインを差し出すと、途端に主人の目の色が変わった。

「なんだ、すぐにこのコインを見せてくれればよかったのに。一番いい部屋が空いているよ。ええと、一人と二人、どっちが希望だい？　もちろん三人でも大丈夫だよ。三人の場合は追加料金がかかるがね」

「――？　あの一人で」

二人とか三人ってベッドの数のこと？　フェリシアは一人だから二人部屋は必要ない。ましてや三人なんて。

「ああ、一人だね、とびきりのを用意するよ。じゃあ部屋の鍵とこれを飲んで待っているといい。ウエルカムドリンクだよ」

宿屋の主人がくれたのは、部屋の番号札が着いた鍵と、洒落た香水瓶に入った淡い桃色の液体だ。

なんだか甘くて美味しそうだ。

「『天国の扉』だよ。それがあればまさに天国にいける」

「天国……の扉？」

なんだかおかしい。

ただのウエルカムドリンクじゃない気がする。

「それが効いてきた半刻後にとびきりの男を部屋に向かわせるよ。うんと気持ちよくしてもらうといい」

くっくと笑い、フェリシアの耳元に顔を近づけて囁いた主人に、ぞっとして目を剝いた。

このドリンクは、もしかしたら如何わしいものではないの？

まさかレイナルドが一番嫌っている、禁止薬物では……？　たしか結婚前から彼は薬物の取り締まりを強化していると言っていた。まだ王都に出回っているの……？

「ちょっと！　これは、はんざ……んんんっ！」

宿の主人に犯罪だと叫ぼうとしたとき、いきなり背後から何者かに口を押えられた。

「おやじ、コイツには俺という連れがいる。ここで待ち合わせをしていたんだ。だからとびきりの男は不要だ」

フェリシアが振り返ると、そこには仮面の騎士ユーグがいた。

「公にはできない仲なんでね。助かるよ」

あっけにとられているフェリシアの隣で平然と言うと、宿の主人から部屋の鍵といかがわしい小瓶をぱっと受け取った。

「ああ、そういうことか。じゃあごゆっくり」

フェリシアはユーグにぐいっと引っ張られて、二階の階段を引き摺られるように上っていく。

強引にユーグに部屋の中に連れ込まれると、フェリシアはむっとして彼に向き直った。

「ちょっと、一体どういうことなの？」

いきなり口を押さえて話を遮るなんて失礼だわ。しかもあの薬のことを宿の主人から聞き出せなかった。

「――全く君は危なっかしくて目が離せない」

ユーグは盛大に溜息をつきながら、前髪をくしゃっとかき上げた。髪の毛が少し乱れて肩で息をしているのは、なにか急ぎの用事でもあったのかしら？

「フェリシア……、きみが城を抜けたという知らせを聞いて慌てて追ってきたんだ。しかもここ一帯にある宿屋はいわゆる連れ込み宿だ」

「連れ込み宿？」

「そう、男が性交を目的に女を連れ込むんだよ」

「せ、せいこ……う？」

ぶわりと顔が熱くなる。

せ、せいこうって……。つまり、男女がここでそういうことをするの？

「やっぱり知らないで入ったんだね」

「し、知らなかったけど、でもユーグ聞いて。この宿は怪しいわ。さっき宿屋のおじさんが出したその小瓶に入った飲み物、もしかしたらレイナルドが禁止している薬物みたい。だから問い詰めようとしたのに」

「無謀もいい所だ。あんな所で犯罪だと叫んだら、どうなるか分からないのか？」

ユーグに叱責され、フェリシアははっとする。

「酒樽に入れられて川に流されていただろうな。もしくは、隣国シュラルディンに奴隷として売られていたかもしれない」

窮屈な酒樽にいれられた自分を思い浮かべて、フェリシアにぶるっと震えが走る。恐怖で突然足元がおぼつかなくなりふらりとよろけると、ユーグがフェリシアをさっと抱き上げてソファーに座らせた。

「怖がらせるつもりはなかった。無事ならいい」

ユーグは少しだけ声音をやわらげた。仮面の奥にある瞳からフェリシアをじっと見つめられ、フェリシアはきょとんとした。ユーグはフェリシアの栗色の髪をひと房掬い上げ、自分の唇にそっと寄せた。

一瞬、レイナルドと姿が重なりどきっとする。

しかも今は二人きりで宿屋の部屋にいる。

なんとなく気まずくなり、フェリシアは話題を逸らした。

「あ、あの……、その飲み物の正体は……？」

「ああ、これは『天国の扉』と言われている違法な媚薬だ。常習性があり、一度でも飲めばまた飲まずにはいられなくなる。しまいには幻覚を見たり精神を病んでしまう」

「私、知らなくて……。この宿の前にいた男の人に、コインを渡されたの。天使と悪魔が抱き合っている模様のあるコインよ」

「これだろう？　さっきくすねた」

　フェリシアはこくんと頷いた。

「最初だけ無料で特別サービスが受けられると言われたの」

「そうやって若い女性を誘って、媚薬漬けにするんだ。それを飲んだら男が欲しくて堪らなくなる。大抵は女性を媚薬漬けにしたあと、男に奉仕する娼婦としてシュラルディンに売られていく。逆に男もその媚薬を飲めば、理性を保てず見境なく女を抱く。五年前に初めてこの国でその存在が確認されたんだが、徐々に広がり秘密裏に流通している」

　フェリシアは改めて怖くなった。ユーグが来なければ、その小瓶を飲んでしまったかもしれないのだ。

「レイナルドに言わなきゃ……！」

「その必要はない。既に陛下の耳にも届いている。オルレアン公に指示して私がその証拠を探っているんだ。今夜は君のおかげで色々な収穫があった」

「レイナルドはもう知っているの？」

「ああ、実はある大貴族がこの天国の扉の原料となる植物をシュラルディンから密輸していることを突き止めた。この植物から抽出した液体を精製して媚薬を作っている。だが、実際に本物の媚薬が簡単に手に入らなくてね。やっと今日手に入れられた。王立の研究所で調べればすぐにその成分と植物が一致するだろう。それにこのコインのレリーフの鋳型も、その大貴族の息のかかった屋敷にあることが分かっている。揺るぎない証拠になる」

「じゃあ、ローデンヴェイクの貴族が関わっているの？」

「隣国シュラルディンは、ローデンヴェイクの国民を薬漬けにして国の内部から崩壊させようとしている。その大貴族は、金に目がくらみシュラルディンと取引をしているんだ。これは大罪だ」

「レイナルドには命の危険は及ばない？」

フェリシアが心配そうにユーグに聞くと、彼はふわりと優しく笑みを零した。

「陛下より君の方が危なっかしい。そもそもなんで城を出て宿屋に泊まろうとしたんだ？　さぁ、ここを出て城に戻ろう」

ユーグがフェリシアの腕を支えるようにすると、フェリシアはその手を振り払う。

「……いやっ」

「いったいどうしたんだ？」

ユーグが何事かと目を白黒させた。

「お城は……、いやなの。今夜からレイナルドがザビーネと三日三晩閨を共にするから。同じお城の中にいたくないの……」

フェリシアは思い余ってぽろぽろと涙を零した。

なぜかユーグには素直に心を吐露できる。

なのにどうしてレイナルドには心を晒け出せなかったのだろう。

「私は本当に莫迦だった……。こんなにレイナルドの事が好きなのに……」

「シア……」

ユーグがフェリシアをその胸に引き寄せて、宥めるように抱きしめた。なんとか抑えようとしたのに、涙が溢れて止まらない。嗚咽もしゃくりあげるように込み上げる。

ユーグが子供をあやすように髪を優しく撫でてきた。

静かで優しい抱擁が、フェリシアの心に穏やかな魔法をかけるように落ち着かせていく。

「きっと何もかもうまくいく。だからそんなに嘆くことはない……」

それがただの慰めの言葉だと分かっている。

それでも今はユーグが与えてくれる心地よい温もりに、ただこの身を任せていたかった。

＊　＊　＊

結局、ユーグはフェリシアに付き合って、三日間一緒に過ごしてくれた。

ユーグとあの如何わしい宿屋を出ると、彼に連れて行かれたのは王都の郊外にある居心地の良さそうなお屋敷だった。

「この屋敷は、今は使っていない私の私邸の一つなんだ。陛下がザビーネと同衾している間は、この屋敷に滞在するといい。明日からは護衛も配置するから安全だ。だが、とりあえず今夜は護衛のために私が君の寝室のソファーで寝る」

「だめよ、ユーグ。あなたはちゃんと自分の家に帰って寝て。陛下の警護もあるのでしょう？」

「君の護衛も私の仕事なので、気になさらず」

ユーグは取り合わずに、ソファーにごろりと横になる。嘘か本当か、すぐにすやすやと寝息を立ててしまっては、起きて帰れとは言いだせない。

フェリシアは溜息をついて、自分もベッドに潜り込んだ。

翌日も日中はオルレアン公爵やレイナルドの命で忙しいユーグは、夕刻になるとこの屋敷にやってきて、夜の間はフェリシアの部屋で護衛をしてくれている。

彼に無理をさせていることも承知していたけれど、なぜだか昔から知っている人のように、一緒にいると安心できた。

ザビーネとの同衾の番が終わり、入れ替わりにまたフェリシアがレイナルドと同衾する番になる。

そうしてレイナルドに三日三晩たっぷりと抱かれた翌日は、ユーグの用意してくれた馬車が王宮の裏口に寄せられた。

その馬車でユーグの屋敷に向かうのにも慣れてきた頃。

いつものように城門の裏口から馬車に乗る。

「おじさん、お願いね」

今日は顔見知りになったいつもの御者のおじさんとは違っている。そのせいか、返しの挨拶がない。

フェリシアは肩を竦めただけで、気にも留めずに馬車に乗り込み編みかけの毛糸を取り出した。

いつも何かと世話を焼いてくれるユーグに御礼がしたかった。

簡単な毛糸の帽子ぐらいならフェリシアでも編める。

揺れる馬車の中で編み物に集中していると、いきなりガタンっと音を立てて馬車が止まる。

「――？」

郊外の屋敷に着くにはまだ早すぎる。

フェリシアが不思議に思ってカーテンを明けて窓の外を覗こうとすると、いきなりバタン！　と扉が開いて男たちが乱入してきた。

「――っ、いやっ、だれ――、んんっ」

力づくで腕を引かれ、馬車の床にドッと倒れ込む。痛いと思う間もなくすぐに口を白い布で塞がれて息が詰まる。

強いお酒のような匂いにむせた瞬間、目の前がくにゃりと歪んだ。

まるで誰かに泥沼の中に引き摺り込まれるように、そのままフェリシアの意識は遠のいていった。

――どれほどの時が経ったのか。

凍えそうな寒さを感じて目覚めると、そこは暗闇に包まれていた。

音もない真っ暗な世界だった。

もしかしたら自分が死して死後の世界に迷いこんでしまったかのように感じる。でも、ここがまだ死後の世界でないことに気が付いた。

背中に感じる氷のような冷たい地面。それが唯一、フェリシアに生を実感させてくれた。

――大丈夫。生きている。

フェリシアがそっと触れると、どうやら石の床に横たわっているようだった。

「……いたっ」

痺れた身体を起こしてみると、どこかで頭を打ったせいか、後頭部がずきんと痛む。

――ここはどこなのかしら？

私を襲ったのはいったい誰なの……？

命だけは助かったようだが、喜んでいられる状態じゃない。

――ここからなんとかして逃げなくては。

殺されないとしても、このままでは寒さで凍え死んでしまう。

それとも、それが目的なのだろうか……？

そう思い至ると、ぞっとして身震いした。この部屋は小さな明かり取りの窓さえもなく、四方八方が壁に塞がれているようだ。

――このままここで一人ぼっちで死ぬなんていや。

生きたい。

生きてレイナルドに再会したい。ニーナとしてではなく、フェリシアとして今度こそ自分が間違っていたと伝えたい。彼に許しを乞いたい……。

神様、どうかお願い。レイナルドに会わせて……。

フェリシアが渾身の祈りを捧げながら涙を零した時、ぎっと戸が開く音がして何者かに腕を摑まれた。

「――ひっ」

「シアっ……」

一瞬、レイナルドの声と聞き間違えたが、その男が蠟燭《ろうそく》に火をともすと、見慣れた仮面が浮かび上がった。

「ああ、ユーグっ……」

フェリシアは思わずユーグにしがみ付いた。

彼がいれば、もう安全だ。何があっても自分を守ってくれる。

ユーグの逞しい胸の中に囲い込まれ、二人は束の間、ひしと抱き合い喜びを分かち合う。

「シア、静かに。外にいる見張りは始末した。だが、すぐに次の見回りが来るかもしれない。早く逃げよう」

「ここはどこなの?」

「ギラー公爵の屋敷の地下牢だよ」

フェリシアは息を呑んだ。じゃあ、私を攫《さら》ったのはギラー公爵なの？

邪魔な私が死ねば、側妃候補がザビーネひとりになるから？

でも三大公爵ともあろう人が、そんな恐ろしいことを企てるのだろうか。

「さ、こっちだ」

フェリシアは混乱する思考を追いやり、まずはこの場所から逃げることに専念しようと気持ちを切り替えた。ユーグの手をしっかりと握り返し、彼の後について行く。

だがそれも虚しく、狭い廊下の角を曲がったところで行き止まりになった。

「くそ——。ついさっきはここが通れたんだ」

ユーグが舌打ちすると、背後からぬっと音もなく大男が現れた。

「その壁は一度通ると締まるんだよ。まんまとひっかかったな」

下卑た笑いとともに、いきなり大男の拳がレイナルドの頭に打ち付けられる。音もなく彼が床に崩れ落ちた。

「いやっ、ユーグっ、ユーグっ！」

フェリシアは半狂乱になる。

「まだ殺しはしない。お嬢様の言いつけだからな。あんたはこっちに来るんだ！」

横たわったユーグから呻き声のようなものが聞こえてくる。

「ユーグ、死んじゃダメ、ユーグっ！　目を覚ましてぇっ」

フェリシアは叫び声をあげながら大男に担がれて、先ほどとは違う部屋に連れて行かれた。

光の届かない冷たく暗い部屋とは打って変わって、煌々と燭台が灯された明るい部屋だ。後ろ手に縛られ、椅子に座らされて両脚も拘束されてしまう。

目の前には、何かを隠すように横長のカーテンで視界を遮られていた。

「……私はオルレアン公爵の従妹で、陛下の側妃候補よ。こんなことしてどうなるか分かっているの？」

王族として育ったフェリシアは、命の尽きるその時まで高潔であれと教えられてきた。こんな悪質な輩に命乞いなどすることはない。

恐怖心を打ち消し、側にいた大男を尊大に睨みつけると、背後のドアがぎっと開く。鈴を転がすような笑い声が聞こえてきた。

「ほほ、威勢のいいことね。陛下も毛色の変わった野良猫のような所を好まれたのかしら」

目の前に現れた女性を見て、フェリシアは顔色を失った。

その女性はまるでこれから宴にでも参加するかの如く、暗紫色のオフショルダーのドレスを艶やかに着こなし、手にした扇を優美に開く。

「ザビーネ……」

「ごきげんよう、ニーナだったかしら？」

青白く浮かび上がった真っ白な肌は無機質で血が通ってないように思える。それでも彼女はフェリシアを見て嬉しそうに美しすぎる笑みを零した。

「なぜこんなことを？　ユーグはどうなったの？　彼は無事？　私たちをどうするつもり⁉」

「うふふ、せっかちね。でもいいわ。一つずつ答えてあげる。まず一つ目。あなたが目障りだからよ。せっかく王妃のフェリシアが陛下の傍からいなくなったというのに、側妃候補として美しくもない、こんな毛色の悪い野良猫を連れてくるなんて……。全くオルレアン公爵にも頭にくるわね」

ザビーネは手に持っていた扇で口元を隠して、ほほと笑う。まるで舞踏会で紳士と戯れているかのようだ。楽しげに笑う彼女の瞳に狂気が垣間見えて、フェリシアはぞくっと背筋が凍りついた。

「二つ目。ユーグとやらは無事よ。今のところはね。そして三つ目。あなた方をどうするか……」

ザビーネがゆっくりとフェリシアに近づくと、その目の前で扇の骨組みからすっと小さなナイフを引き出した。

それをフェリシアの胸元にあてがう。

フェリシアは恐怖に体が固まった。

ザビーネがまるで面白い余興を楽しんでいるかのように、くすくすと嗤っている。

「……なにを……するの……？」

フェリシアが怯えた声を上げると、美しい顔《かんばせ》を綻ばせて、柘榴のような唇を少しだけ引き上げた。

フェリシアの胸元に手にしたナイフの刃先をあてがった次の瞬間、ザリっと無残にも布が引き裂かれる音がする。

ドレスの前身ごろを臍のあたりまでびりびりと勢いよく引き裂いた。

「いやぁぁっ……！」

フェリシアのふくよかな胸が零れて大男が舌なめずりをしたが、後ろ手に縛られていては隠すこともできない。

心臓がばくばくと高鳴り警鐘をならす。

こんなところでザビーネに殺されて死にたくない。

なんとかユーグを見つけて逃げないと……。

フェリシアは恐怖と戦いながらも、ザビーネをきっと睨みつけた。

「なんて美しい胸……。この胸を陛下は愛撫したのね。でもね、ニーナ、わたくしの身体もあなたに負けないほど、いいえそれ以上に美しいの。それなのに陛下はわたくしを愛でてはくださらない……」

「え……？」

「取り決めの三日三晩、どんなに待っても陛下はわたくしの部屋を訪れてはくれないの。わたくしは三日間、寝ずに待っていたのよ？　だからあなたがいなくなればきっと来てくれる。食べ物と一緒よ。あなたは前菜なの。陛下は紳士だから前菜を食べた後にメインディッシュをゆっくりと楽しむの。だからあなたを早く片付けないとね」

ザビーネが合図すると、大男がカーテンの紐を引いた。すると隠されていた部分が露になり、フェリシアはそれを見て泣きそうになった。

「ユーグ……」

壁に嵌めこまれた鎖にユーグが繋がれている。フェリシアの心臓に矢が突き刺さったかのようにずきんと痛む。自分を助けに来たせいでユーグが捕らえられてしまった。

上半身は裸にされ、頭をうなだれている。気を失っているようだった。

「妙案を思いついたの。この液体、なんだか分かる？」

ザビーネがフェリシアの目の前で桃色の液体の入った美しい小瓶をゆらゆらと揺らめかせた。あの宿屋で見たものとまるきり同じ小瓶、同じ液体だった。

「て、天国の……扉……」

フェリシアの声は震えている。それは人を人ならざるものに変える媚薬だ。

いったいザビーネは何をするつもりなのだろうか？

「あら、知っているのね。なら話が早いわ。この美しい飲み物をユーグとやらに飲ませるの。特別に倍の濃さにしてあるのよ。半刻もしないうちに薬が効いて、あの騎士は女とみれば見境なしに抱きたくなる。ふふ、ニーナ。一つ部屋にあなたとユーグの二人だけ。しかもユーグは媚薬のせいで正気じゃなくなるの。どうなるかしら？」

フェリシアは胸が詰まって涙を零した。

ユーグに襲われるなら構わない。こうなったのも自分のせいだ。ただ正気に返った時、ユーグはきっと罪の意識に苛まれるだろう。

彼は正義感の強い高潔な人だ。フェリシアへの自責の念から、自ら死を選んでしてしまわないかと不安になる。

「ユーグにたっぷりと精を注がれれば、もし身籠っても陛下の子か卑しいユーグの子か分からないわね。どちらにしろ、ユーグとあなたは心中するのよ。陛下を裏切って身体を重ね合った二人は、死を選ぶという筋書きよ。あなたの後ろ盾のオルレアン公爵も失脚するでしょう。素晴らしい筋書きだと思わない？」

「やめて……。ユーグに罪はないわ。憎いのは私なのでしょう？」

「お父様もあなたのことは私に任せて下さったの。さ、ユーグを起こして天国の扉を飲ませましょう」

ザビーネが目で合図すると大男がユーグに近づき、手桶の水を頭からばしゃりと被せる。何度か水を浴びせた後、気を失っていたユーグがはっとして顔を上げた。

「――シアっ！」

ぎろりと部屋を見回し、フェリシアが捕らえられているのを視界に捉える。途端に興奮した豹のように、繋がれた鎖を血が滲むほどガチャガチャと乱暴に引く。

「ユーグ！　だめ、怪我をしてしまう」

「ふふ、とても生きのいい殿方ね。せっかくだから仮面を外して貰いましょうか」

ザビーネが近づき、ユーグの仮面をもったいぶりながらゆっくりと外した瞬間、ザビーネもフェリシアもあっけにとられた。

ザビーネは目を剝いて石のように固まっている。

仮面の下には、王者の貫録を湛えた見まごうことなき氷のように冴え渡る瞳。

恋しいレイナルドがそこにいた。

「れ、レイナルド……？」

「陛下……？　いったい……」

ザビーネもまさか思ってもいなかった人が現れ、驚きのあまり声が震えて上ずっている。

「ふ、どうした？　ザビーネ。私に自分の悪事がバレて焦っているのか？」

ザビーネは一瞬、分かりやすいほど顔色が蒼白になったが、すぐにまた柘榴色の唇で優雅に弧を描いて見せた。

そして嬉し気にレイナルドの剝き出しの胸に頬を摺り寄せる。

「まぁ、陛下。とんでもございません。かように光栄なことはございません。なぜならようやく陛下と交わることが出来るからです」

ザビーネはぎゅっとレイナルドの身体を抱きしめた後、満面の笑みを湛えて、『天国の扉』の小瓶の蓋を開けた。

「陛下、どうぞお飲みになって私を存分に愛でてくださいませ」

「断る」

「く……、ほほほ……。レイナルド様、私の身体はあなた様のもの。私はレイナルド様のお子が欲しいのです。さ、あの女を殺されたくなければ、『天国の扉』を飲み干してくださいな。そして私をお抱き下さい。彼女の目の前で」

「やめて……、お願い。レイナルド、飲まないで……」

レイナルドは一瞬、眉を顰めたが、大男がフェリシアの首に短剣を当てると、ザビーネが口元に運んだ『天国の扉』を迷うことなくひと息に飲み干した。

＊　＊　＊

どろりとした甘い液体が毒液のように喉を這い下りていく。

途端に灼けるように胃の腑が熱くなり、身体中が火でも吹いたよう火照りだす。にわかに欲望が滾り、全身の血が沸騰したように沸き立った。

レイナルドを取り巻く世界が歪み、自分が誰で何者なのか分からなくなる。

ただ、ひとつ、女が欲しかった。

身体が渇き、まるで飢えた獣のように喉を唸《うな》らせた。

下半身に熱が灯り、息が苦しい。

なぜか女の身体に己を埋め、思う存分、腰を揮いたくなる。

そのとき目の前から鈴を転がすような声がして、赤い柘榴色の唇が目に入った。

――美味《うま》そうだ。

繋がれていた鎖が解放され自由になると、その実に飛びつき喰らうように堪能する。

「ああ……、陛下……」

感極まった声などどうでもいい。

柘榴の実は、どこか毒々しいクセのある味だが己の欲望を満たすだけなら、そう悪くない。ただ渇いた喉を潤すためだけに柘榴の実を堪能していると、柔らかな肢体が自分の硬い胸に押し付けられた。

下半身に血流が滾り雄がそそり勃《た》つ。その完璧ともいえる肢体に呼応する。

女の体を開き、己の欲望を奥深くに突き入れ白濁を注ぎ込みたい。

剝き出しの欲望に囚われた。

レイナルドは荒い息で、眼前に差し出された肢体を床に押し倒す。

まさに今は理性を失った雄の獣であることを頭のどこかで自覚する。

クセのある柘榴の甘さと、たわわに実っている二つの桃を本能のまま乱暴に弄《まさぐ》り、その重みを堪能していると、何処からか啜り泣きが聞こえてきた。

子猫が泣いているようなその声に、酷く胸が掻きむしられる。

なぜか罪悪感に苛まれたとき、レイナルドの視界が一瞬、靄《かすみ》が晴れるようにすうっと開けた。

澄み渡った場所に、己の愛する人の姿がくっきりと浮かび上がった。

後ろ手にきつく縛られ、彼女はただ静かに泣いていた……。

フェリシア……。

わが命よりも大切な愛しい存在。

僅かばかり残っていた理性が、レイナルドの本能を押しとめる。媚薬に抗うのは火箸を押し付けられるかのように苦しかったが、レイナルドはザビーネが落としたナイフを拾い上げ、思い切り自分の太腿に突き立てて切り裂いた。

「うっ……」

どくどくと媚薬に塗り替えられた血が迸り、勢いよく溢れ出していく。

血が流れれば流れるほど、思考が鮮明に澄み渡る。

ようやく穢れた獣になり下がった自分から解放され、レイナルドの瞳はただ愛する女性へと注がれていた。

＊　＊　＊

「ああ、陛下……」

ザビーネが豹変したレイナルドに床の上に押し倒され、恍惚の声を上げていた。フェリシアは目の前に広がる光景を見ていられずに目を背け、ただ悲しみに打ちひしがれて啜り泣いた。

レイナルドはあの『天国の扉』を嫌悪していた。

それなのに、フェリシアの首に短剣があてがわれると、迷いもなくそれを一息に飲み干した。

いまや人ならざる者に豹変し、目は虚ろでまるで餓死寸前の獣のようだ。ザビーネの肢体を肉を屠るように貪り、その唇を蹂躙する。

レイナルドの荒い息、獣のような唸り。ザビーネの恍惚の喘ぎ……。

否応なくそれらがフェリシアの鼓膜を震わせ、胸を鋭く抉ってくる。自分が痛めつけられるより、レイナルドに襲い掛かった惨状が辛くて涙が零れて止まらない。

捕らえられたフェリシアの命を救うため、自ら憎悪していた獣と化したその姿に、胸が潰れそうになる。

「ああ……っ」

ザビーネが再び歓喜の声をあげたとき、レイナルドが突然、彼女を突き放した。素早く床に落ちていたナイフを拾い上げると、一瞬の躊躇《ちゅうちょ》もなく己の太腿に突き立て引き裂いた。

「いやぁあっ、レイナルドっ」

「──うっ」

レイナルドが、がくりと膝を付いて床に倒れ込む。

解毒のために太い血管を狙って刺したのか、ものすごい出血量だ。

それでもまるで痛みなど感じていないようなその瞳は、フェリシアだけに注がれていた。

「……シア……、っ、いい子だから……、泣くな……」

「いやっ、レイナルドっ！　死なないで……」

「――シア、ずっとそなたが恋しかった。私が愛を捧げるのは、今までもこれからもずっとそなただけだ……」

　血の気が失せどんどん紫色になっていくレイナルドを見て、ザビーネも蒼白になる。

「陛下、なぜそれほどまでに私を召して下さらないのです？　私はレイナルド様のお子が欲しいのです。この国の王の世継ぎの君が……」

　ザビーネはがくりと両膝を付いた。

　恋焦がれたレイナルドに拒絶されたことがショックだったのか、まるで正気を失ったかのようにぶつぶつと一人で何事かを呟き、時折くすくすと笑い声をあげた。

　――狂っている。

　血を流すレイナルドを助けようともしていない。

　フェリシアは拘束され駆け寄ることさえできない。ただ心臓が、ドク、ドク……不気味な音を立てている。

　だめ、だめ。レイナルドをここで失うことなんてできない。

　レイナルドの瞳が、まるでこの世界から離れるように力なく閉じられた。

「いやぁぁっ、レイナルド‼　お願い、死なないでっ……！」

　フェリシアの絶叫が断末魔のように響き渡る。

それが二人の居場所を示す合図のように、オルレアン公爵と近衛兵がなだれ込んできた。近衛の精鋭たちにより、あっという間に大男やザビーネが拘束される。

「フェリシア様、ご無事で……」

ブライラスがフェリシアに近づき、自身の上着を羽織らせ手足の拘束を解くと、フェリシアはすぐさまレイナルドに駆け寄った。

「レイナルド、レイナルドっ」

彼を腕に抱き、呼びかけるもぐったりしてなんの反応もない。まるで冷たくなった人形のようだ。

息が浅いばかりか切れ切れで、その命の灯《ともしび》がいまにも燃え尽きようとしている。

ブライラスもすぐに駆け寄ってきた。

その顔には、いつも冷静な彼が見せたこともないほどの焦りが浮かんでいる。

彼は自身のシャツをすばやく脱いで、レイナルドの足を止血する。

それでもなお、レイナルドの生命力が体から抜け出て行くように血が迸る。

「くそ、もっと布をもってこい！　魔術師のモリーも呼んで来るんだ！　はやく薬を！」

フェリシアはブライラスの言葉にハッとする。

あの日、別人に生まれ変わったとき、もうひとつ、おばあさんから差し出された茶色の小瓶がポケットの中にある。

いつも肌身離さず持ち歩いていたものだ。

たった一度しか使えない、どんな魔法や毒、傷も癒すことのできる薬だ。

でも、これを使えるのはただの一度きり。

レイナルドに飲ませれば、フェリシアは金輪際、元のフェリシアには戻れない。

一生、偽りのニーナとして生きていくことになる。

――でも、そんなことはレイナルドの命と比べればとるに足らないことだ。

フェリシアは逡巡することもなく、ドレスのポケットにある薬の小瓶を急いで取り出した。

すぐに瓶の蓋を取りレイナルドの唇にあてがうと、零れないように少しずつ飲ませていく。

「……ああ、神様……、お願い、彼を助けて」

するとレイナルドの顔にみるみる赤みが差し、流れ出る血が徐々に収まってきた。

フェリシアは彼の熱がこれ以上冷めないように、華奢な体をレイナルドに摺り寄せた。

「レイナルド、レイナルド……。愛しているの。ごめんなさい。あなたの愛を疑った私が愚かでした」

「う……、シア……」

レイナルドがうっすらとその眼《まなこ》を開けて、フェリシアに手を伸ばす。栗色の髪をひと房とって宝物のようにぎゅっと握りしめた。

「私のフェリシア……。そなたがどんな姿であろうと、君を愛している」

フェリシアはその言葉に胸が一杯になり、涙が溢れて止まらなくなる。

泣きながらもう何も言わないでと、首を横に振る。

真実は心の中にある。自分の見た目など、これっぽっちの未練もない
レイナルドの温もり、彼の匂い、力強い鼓動。

なによりもかけがえのないものが、また生きてここに戻ってきたことを神に感謝する。

フェリシアは万感の想いを込めてレイナルドに口づけを落とした。ありったけの、心からの愛を込めて。

「神様、感謝します……」

するとフェリシアの身体の周りに金粉が舞い、細氷《ダイヤモンドダスト》のように輝きだした。

その場にいた誰もが、何事かとフェリシアに視線を向ける。

「なに、これは……？」

手を伸ばしてみると、光の輪がくるくると螺旋を巻きながらフェリシアを包み込んでいく。

見る見るうちに淡い栗色の髪の色が黄昏時のルビー色に変わっていく。

驚いて壁に嵌めこまれていた鏡を見ると、はしばみ色の瞳の中にも金色の光が吸い込まれ、いつしか翠玉色《エメラルドグリーン》に変わっていた。

その姿が元のフェリシアに戻っている。

「……いったい？」

生気を取り戻したレイナルドも、フェリシアと同じように固唾を飲んでフェリシアを見つめていた。

「モリー婆さん、早く陛下を！」

戸口からブライラスの急かすような声が響いてきた。

「まったく年寄りをこき使って……、ああ、お嬢ちゃん、もう元に戻ってしまったのかい？」

フェリシアはびっくりしておばあさんに振り向いた。

「どうして……？　あの薬はたった今、レイナルドに使ってしまったというのに」

レイナルドも力が戻ったのかゆるゆると上半身を起こすと、フェリシアを抱き寄せて安堵の言葉を呟いた。

「その薬とは別にもう一つ、魔法を解く呪文をかけておいたのさ。お嬢ちゃんが自分の本当の気持ちを打ち明けたとき、その魔法が解けるようにね」

「なんてこと……。おばあさん、ありがとう……」

「嫉妬は自身の心が種を撒《ま》くもんだ。そして不安や不信を肥やしにしてどんどん成長し、禍々しい花を咲かせるのさ。その花はやがて自分の心に巣くう魔物となる。その魔物が目に映るものを歪ませる。真実は心で感じるものなんだ」

するとレイナルドが少しふらつきながら立ち上がった。

「――レイナルド、まだ立ち上がっちゃダメ……」

「大丈夫だよ」

太腿の傷も塞がり、なんとか一人で立っていられるほどの生気を取り戻したようだ。魔法のお陰か床に広がっていた血の海も、跡形もなく消えていた。

「モリー。彼女の目を不安に眩ませたのはこの私だ。ちゃんと言葉にして彼女への愛を伝えていなかったから」

レイナルドがフェリシアに跪く。まるでユーグがそうしていたように、フェリシアの黄昏時の髪をひと房掬い、心からの想いを乗せるように唇を寄せた。

「――フェリシア、君は私にとって唯一無二のかけがえのない人だ。もう二度と何処へも行かせない。変わらぬ愛を君に注ぐと誓う」

まるで聖堂で神に誓うように声を響き渡らせると、祈りを籠めるように黄昏色の艶やかな髪に口づけた。

壁際の小窓から昇った朝日がきらきらと輝きながら差しこみ、二人を照らしだした。神の祝福を受けたような神々しい二人の姿に、その場にいた誰もが息を呑んで釘付けになった。

フェリシアは感動のあまり、もうこれ以上なにも望むことはないと胸を熱くする。

一筋の涙が零れ落ちたとき、レイナルドがすっくと立ち上がり、フェリシアの頬を愛おしそうに指で愛撫した。

怜悧な瞳が、愛を湛えて見たこともないほど穏やかな透明の泉へと変わっていく。

「レイナルド……？」

フェリシアが見つめ返すと、レイナルドの瞳が細められ彼の顔が今までに見たこともないほど破顔した。

「おかえり、フェリシア。ようやく、私の赤毛の子猫が戻ってきた」

二人はともに微笑みを浮かべて唇を重ね合わせると、互いの温もりを確かめ合った。

最終章　素直な心で

翌日、人々は王城を見上げて騒然とした。

城に王と王妃の在城を示す旗が二つ、翻っていたからだ。

街中の人々がその話題で持ちきりになる。

「もしかして王様は新しい王妃様をお迎えになったのか？」

「いやいや、白鳥宮の引き籠り王妃様が戻られたらしいぞ」

「昨日、陛下が馬に赤毛の王妃様を乗せて城に入っていくのを見たよ！」

城下の人々があちこちで噂話で騒めいていたころ、レイナルドとフェリシアは王宮でブライアスの報告を受けていた。

ちょうど四年前、レイナルドの生誕の宴を行った壮麗な大広間には、あの時と同じように王国内の貴族らが集結し、みな胸に手を当て玉座に向かって膝を折っていた。

「それでは申し上げます。まずギラー公爵ですが、国家反逆罪により地下牢へ幽閉しております。一族郎党の屋敷、その土地に至るまで全て押収して調べたところ、その一部が『天国の扉』の精製所として利用されていたことが発覚いたしました」

フェリシアは驚きに息を呑んだ。目の前で跪いている貴族たちにも衝撃が走る。

禁止されている薬物を、まさか三大公爵家の一つが密造していたとは夢に思わなかったからだ。

「ならびに、隣国シュラルディンからの禁止植物の輸入、それを用いての違法な媚薬の製造、シュラルディンとの密通および機密の漏洩など、百三十二項目に渡って我が国の法を犯した罪により極刑が下されます。また公爵位のはく奪、屋敷や土地、その財産のすべてが王家に返還されます。一族は国外追放、そしてレイナルド陛下の命により、未来永劫、先祖に遡ってギラーの家名を我がローデンヴェイクから抹消いたします。なお彼奴《きゃつ》に加担した者らにも同様の類が及びます」

大広間でブライラスの裁可を耳にした貴族らは一様に驚嘆した。

ギラー公爵家といえば、隣国にもその名を轟かすローデンヴェイクの三大公爵家だ。

貴族にとって家名を抹消されることは、死罪を賜るよりも、それ以上の刑はないというほど恥辱に塗れたものだった。

それが名家であるギラー公爵家に下されたことで、レイナルドの逆鱗《げきりん》に触れてしまったことが窺える。

「なお、その娘ザビーネについては王妃フェリシア様を誘拐し殺害を図ったことにより、父親と同様の刑が下されます。なお……」

いったんブライラスが言葉を切って、フェリシアの方をチラリと見てから次の句を述べた。

「ザビーネは身籠っておりました」

大広間に居並ぶ貴族たちが一斉に騒めいた。フェリシアも一瞬、虚をつかれる。

もしかしてレイナルドの子供なの……？

不安に膨れ上がりそうになる心を、フェリシアは戒めた。

――いいえ、私がレイナルドを信じなくてどうするの。

貴族たちのように動揺することなく、毅然と居住まいを正してまっすぐに前を向く。

「その父親は？」

レイナルドが静かに問うとブライラスが淡々と述べる。

「父親は分かりかねます。ザビーネに近しい者の話によりますと、彼女は陛下の世継ぎを身籠ったと既成事実を作るため、ふた月ほど前から自ら『天国の扉』を常用し、陛下と同じ金髪に碧眼の男たちを密かに寝室に招き入れていたということです」

ざわっと居並ぶ者たちにどよめきが走る。

――なんてことなのだろう。

では、ザビーネは違う男の赤ちゃんをレイナルドの赤ちゃんに仕立て上げようとしていたの？

それほどまでに王妃になりたかったのだろうか。その行為は、レイナルドへの愛なんかじゃない。きっと王妃という冠に魅せられてしまったのだろう。

「あの、陛下。生まれてくる赤ちゃんに罪はありません。どうか温情を……」

するとレイナルドがフェリシアを見て顔色を曇らせる。

「本当にいいのか？　そなたはザビーネに弑《しい》されようとしていたんだぞ。それに我らの子を身籠らせないよう薬を飲まされていた」

そのことを思うと心が痛む。それでもフェリシアがこくんと頷くと、レイナルドがふぅと溜息をついて新たな裁可を下す。

もしかしたら私たちに授かっていたかもしれない命。レイナルドは、フェリシアから申し出たザビーネの減刑の願いに口に表せない不満があるのだろう。

だけど、なんの罪もない赤ちゃんの命だけは何人もその芽を摘むことは許されない。

「我が妃の願いにより、ザビーネは北方にある我が版図《はんと》の島であるルカラ島のマルゴ修道院に生涯幽閉とする。なお、生まれた子には母の名は知らせずに育て、神職とするよう」

ブライアスが「仰せのままに」と一礼した。

実はこのあとフェリシアは一度だけ、彼女と話ができないかとザビーネが捕らえられている地下牢へとそっと足を運んでみた。

だが、もはやその瞳に正気を宿していなかった。彼女は突然、正気を失ったわけではなく、何としても自分が王妃になるため、レイナルドとの子供を身籠ろうと画策した。そして手を出してはいけない天国の扉に自ら手を出し、妊娠するために多くの男と交わったことで精神を崩壊させてしまったのだ。

――せめて赤ちゃんが健やかに育ってくれますように。

フェリシアの願いはただそれに尽きた。


そして内部からこのローデンヴェイクを崩壊せしめんと目論んだ隣国シュラルディンにもレイナルドは抜かりなく報復を与えていた。

シュラルディンが他国と交易をする幹線道路や橋を余すことなく崩壊させ、主要な軍事拠点にも攻撃を仕掛けていた。

捕らえられた自分をユーグとして助けに来ると同時に、そのような大きな作戦を指揮していたことに、フェリシアは心底驚いた。

レイナルドの命を受けた百戦錬磨の将軍らが密かに兵を率いて、たった一晩で同時に作戦を実行したという。

さすが軍事力、経済力とともに決河《けっか》の勢いを誇るローデンヴェイクのなせる業である。

一般の国民には被害が及ばなかったことに、フェリシアはほっと安堵した。

これで当面、隣国シュラルディンは自国の立て直しに専念せざるを得なくなる。

「一連の事件の裁可は以上である。そして私からも皆に報告したいことがある」

レイナルドが立ち上がって前に進み、大広間中に響き渡る声をあげた。

「今回、側妃候補を迎えることによって、我が王妃が命を狙われた。ゆえに今後何があろうと側妃を迎えることはない。私が生涯愛するのは、王妃フェリシアただ一人！」

レイナルドが振り向き、フェリシアに手を差し伸べた。

「レイナルド……」

居並ぶ貴族たちの前で宣言してくれたことに胸が熱くなる。力強く差し出されたその手を取ってレイナルドの隣に並んだとき、大広間から拍手と歓声が上がる。

「フェリシア王妃様、万歳！　レイナルド国王、万歳！　ローデンヴェイク王家に栄光あれ！」

貴族らから喝采の嵐が巻き起こる。レイナルドはまるでその場にいる全ての者に見せつけるように、フェリシアを掲げるように抱き上げた。

「ひゃぁっ！　レイナルドっ、なにを……」

「無論、そなたらも世継ぎの事は心配であろう。だが案ずるな。我ら二人、今から子作りに勤《いそ》しむこととする。なぁに、すぐに王妃は身籠るはずだ。ブライラス、後は任せたぞ」

「……はぁ……、元気になったと思ったらこれだ……」

ブライラスの長嘆を背中に聞きながら、レイナルドは悠然とフェリシアを抱き上げて大広間を後にいた。

扉を開けると、フェリシアは目を瞠った。

なんと廊下の両脇には侍従や近衛、女官らがずらりと居並び、フェリシア様、お帰りなさい！　と次々にお辞儀をして誰しもが笑顔で美しい花びらを振り撒いてくれている。

「女官はすべて一新した。そなたに害をなすものはもういないから、安心するといい」

レイナルドがフェリシアを抱いたまま二人の寝室に向かう。

その間、にこやかに花びらを散らす女官らに見つめられるのが、もう恥ずかしくて明日からどんな顔で王宮の中を歩いたらいいか分からない。

目を合わせることが出来ずにレイナルドの胸に顔を埋めていると、とうとう彼の寝室にやってきた。

近衛がお帰りなさいと笑顔で両扉を開く。

するとレイナルドの寝室の中には、フェリシアが以前、母国の自室で使っていたファブリックや家具やらが運び込まれていた。

しかも寝台の上にはジャスミンの花が散らされ、寝室の一角には新たにサンルームが作られている。そこには純金の猫脚に真っ白な陶器でできたロマンティックなバスタブが置いてあった。

しかも水瓶を持つ女神をかたどった純金の湯口からは、たっぷりのお湯が流れており、湯面にも寝台と同じようにジャスミンの花が浮かんでいた。

「そなたがいない間、少し改装をした。これは城内に湧き出す温泉の湯を引いている。だからいつでも好きな時に湯に入れるよ」

「まぁ……」

フェリシアが見上げると、サンルームと寝室のしきりには、天蓋のように天井から薄布が何枚か垂れ下がっている。それを閉めれば外からはよほど目を凝らさなければ見えないだろう。

窓の外の雪景色を見ながらお風呂に浸かるのは気持ちよさそうだ。

「エーデルシュタインに頼んで、君が気に入っていた家具を色々運んでもらったんだ。誤解のないように言っておくが、ザビーネが何と言ったか分からないが、実は以前の家具やファブリックも全て私一人で君のために選んだものだよ」

フェリシアが床に下ろされると、レイナルドが一刻も無駄にしたくないとばかりに口づける。独占欲と愛おしさを隠そうともせず、フェリシアの頬に、額に、そしてまた唇へと愛の言葉を紡ぎながら甘い水音を立てていく。

レイナルドは床に自身の上着やシャツを脱いでは放り投げ、口づけをしながらフェリシアのドレスをも手際よく解き、シュミーズも剝ぎ取った。

「フェリシア、ずっと君とこうしたかった……」

「ま、まって……、レイナルド。私、怒っているんだから」

「いったい何を?」

「どうしてユーグがレイナルドだと話してくれなかったの？　私は気がつかずにてっきり別人だと思って、自分の心の内を吐露してしまったし。レイナルドは私と知らずにニーナを抱いていると思ったし……」

「ふ、可愛い意地っ張り姫。ギラーやザビーネの陰謀を暴くためには仕方がなかった。そなたは人一倍、顔に出るからね。君を守るためもあった」

言われてみればそのとおりだと、フェリシアは納得する。

もしレイナルドが自分をフェリシアだと分かっていたら、ニーナに成り代わっていた自分は、皆の前でぼろが出てしまっていたかもしれない。

少なくとも洞察力の鋭いザビーネには気が付かれてしまっていただろう。

「それに、レイナルドのまま白鳥宮に行っても君は私と会って話を聞いてくれなかっただろう。もちろん、王として力づくで君を連れてくることもできるが、その手は使いたくなかった。私も焦っていたんだよ。何とかしなければ臣下らに側妃をあてがわれてしまう。それでブライラスに指示して魔術師のモリー婆さんに頼みこんで特別な薬を作らせた。だいぶ高くついたが」

「まぁ……。じゃあ、オルレアン公じゃなくて、レイナルド自身があの計画を立てたの？」

「もちろんそうだ。実際、君を馬に乗せて旅をした時は、腕の中の君を抱きたくて我慢のし通しだった」

レイナルドは笑いながら脚衣を脱ぎ捨て、逞しい体躯をすっかり露にした。

夕べの太腿の傷もあのおばあさん――魔術師のモリーの薬によって跡形もなく消えている。

改めて神話の彫像と見まごうような張りのある厚い胸板や、フェリシアを軽々と抱き上げる上腕の筋肉の美しさに見惚れてドキドキと胸が高鳴った。

隆々とした腹筋が波のように綺麗に割れ、フェリシアの瞳はその下の濃い金色の茂みからそそり勃つレイナルド自身に注がれた。

雄々しく張り、悠々と頭をもたげている。太い根元からすっくと伸びあがる太幹には、レイナルドの腕と同じように男らしい血管が浮き出ていた。

その先端は傘のようにぴんと張り、ローデンヴェイクの神々のどんな彫刻よりも見事だ。雄の本能を発揮するべく、大きく反り勃っている。

フェリシアはごくっと唾液を飲み込んだ。

レイナルドの肢体はなんて神々しくて勇壮な造形なのだろう。

ただひとつ、彫像と違うのははち切れんばかりに固くそそり勃っている怒張が赤黒くてこのうえなく禍々しい。それなのに蠱惑的にフェリシアを惹きつけた。

彼の妖しく禍々しい全貌に、フェリシアの下腹部にずきずきした熱と疼きが溜まっていく。

「触れてごらん」

「えっ……」

フェリシアの手を取り、レイナルドがその掌をそっと開く。それをゆっくりと自身の幹にあてがうように添わせた。

「あ……」

――すごく熱くて、そっと触れただけではビクともしない。すっくと淫らに上向いて天を仰いでいる。

生まれて初めて手で触れた肉茎は、想像していたよりも固く漲り、内側がどくどくと脈動して先端から透明な汁が溢れていた。

「ふ、私自身もこんなにフェリシアを欲しがっている」

レイナルドがフェリシアを見つめながら頬に手を回し、小さな唇を捉えて、しっとりした口づけを落とす。

フェリシアは彼の熱い楔を大事に包み込んだまま、ちゅっちゅっと湿り気を帯びた口づけを交わしていく。

――男性の性器に手を添えながら口づけをするなんて、なんて背徳的なのかしら。

「あ……、んっ」

大きな手がフェリシアの乳房をやわりと揉みしだき、蕾をきゅっと摘まみあげた。

生きとし生ける者の中で、女として生を受けた。そして運命に導かれるようにレイナルドに出会い、恋に落ちた。

女性としてレイナルドに愛でられ、彼に男としての悦びを与えられることが素直に嬉しい。

レイナルドとフェリシアは口づけを交し合い、互いの生まれたままの造形を愛でながら、愛撫という遊戯に浸る。

フェリシアの手の中の怒張がさらに棒のように固くなった。それがフェリシアを満たし、恍惚の海に浸してくれるのが待ち遠しい。

愛おしさが込み上げて、フェリシアはいつもレイナルドがしてくれているように、自分も彼の一番感じる部分に口づけて愛撫を捧げたくなった。

フェリシアがすとんと膝をつくと、今度はレイナルドが目を瞠る。

「——シア⁉」

驚くレイナルドを宥めるように雄茎の根元に舌を添えると、彼がぐっと言葉を詰まらせた。

フェリシアが舌で幹の筋を辿りながらなぞり上げると、何かを堪えるように腹筋に力が入っているのが分かる。

ようやく亀頭の括《くび》れに行きつくと、フェリシアは愛おしさを込めて猫のような舌でぺろぺろと張り出したエラを舐め始める。

「……く、ああ……」

レイナルドの喉の奥からくぐもった声が漏れている。

上気し興奮した男の艶めかしい声音に、自分がふしだらになったような気さえする。でももっといやらしいことがしたくなる。

舌のひらでくっきりと張り出したエラをねっとりと舐め上げた。フェリシアは夢中になって幹や傘の張った部分を舌でしゃぶり始める。

どうしてこんな奇妙な形なのか不思議でもある。それでも初めて目にしたときは思わず震えあがったが、今はとても愛おしい。

レイナルドの息がますます荒くなり、その手がフェリシアの頭に添えられた。髪の毛の中に指を差し入れ、愛撫のお返しのように優しく髪を撫でまわされる。

——もっと気持ちよくなってほしい。

フェリシアはレイナルドの亀頭の先端にちゅと口づけをする。ぬらぬらと透明な雫の溢れる鈴口を舌でくるりと舐めてから、なんとか先端の丸みを口の中に含み入れた。

大きくて青臭いけれど、男の色香に溢れている。

瞬間、レイナルドから聞いたことのないような嫣然とした呻きが漏れた。

あまりの大きさに唾液が口から溢れてきたが、そのお陰で昂ぶりの先端がなめらかになって括れまですっぽりと含むことが出来た。

ちゅぽちゅぽと音が立ってしまうが、その塊を出し入れしながらなんとかしゃぶることが出来ている。

肉幹はフェリシアの手では回り切れないほどの太さだが、根元に細い指をキュッと巻き付けて、雄々しいレイナルドの先端を口の中で一生懸命愛撫する。

巧みではないがありったけの愛を込めて。

——愛しい、愛しいと心の中で囁きながら。

「——ああ、そなたの口の中はまるで天国だ。だがこれ以上は——」

「っ、きゃぁっ！」

レイナルドはフェリシアの腕をぐいと引き寄せ立ち上がらせると、今度はお返しとばかりにレイナルドがフェリシアに跪く。

「先にイかされてしまうのは本意ではない。我が奥方、今度は私がそなたをたっぷりと可愛がってあげよう」

レイナルドがフェリシアの脚のあわいにひっそりと咲く黄昏時の色をした繁みに顔を寄せてくる。そして、誓うように口づけた。

「ひぅ……んっ」

この国を統べる王が裸身で跪き、フェリシアの親密な場所に口づけをくれている。

物語に出てくる騎士に心からの忠誠を誓われている気がして、じわりと体の奥から蜜が溢れてくる。

実際、レイナルドは騎士ユーグとして、自分をいかなる時も守ってくれていたのだ。

「あ……」

彼は跪いたまま瞳を閉じ、想いを込めたように秘所に口づけている。

これからとてつもなく気持ちいい愛撫を捧げられる期待感に、秘芯に仄かな欲望の火が灯る。じんとした甘い熱が込み上げてきた。

フェリシアは思わず人差し指を唇にあてがい、我慢するようにきゅっと噛みしめた。

それなのにレイナルドはさらに厭らしくなるようにフェリシアを煽《あお》り立てる。

「ふ、もうこんなに甘い匂いがする。ほら、閉じていたら可愛がれない。足を開いてごらん」

吐息の混じった声が、フェリシアの秘めやかなあわいに吹きかかる。

恥ずかしいのにレイナルドに言われると自然と足が開いてしまう。すると透明な蜜がとろりとろりと、床に滴り落ちた。

思いのほかぐっしょりと濡れてしまっている。

「丸ごと喰らいつきたいほどだな」

レイナルドが紺碧の双眸を細めて淫猥に微笑む。

ぴったり閉じた桜色の貝殻に親指をあてがい、ゆっくりと押し開いた。すると蜜の海に沈んだ珊瑚色の真珠が露になる。

「ああ……、可愛すぎてクラクラする。とろとろに蕩けて光っているね。私の雄を口に含んでここも感じてくれていた？」

「ひぁ……ぁんっ」

レイナルドがちゅと真珠に口づけをした。それだけで身体中に雷に打たれたような痺れが走り、ひくひくと淫唇を戦慄かせながら軽くイってしまう。

目を閉じ愉悦の余韻に身体をひとしきり震わせていると、レイナルドがさらにねっとりと愛撫を加えてくる。甘蜜を掬い取りながら、花びらのあわいに長い舌を差し入れ、ぬるぬると舐め上げた。

「ひぁ、あん、あ……、れい、なるど……んっ」

「フェリシアはここをたっぷり蕩けさせるのが好きだったな。どれ、指でも可愛がらせてくれ」

溢れる蜜をたっぷりと掬い、ぐちゅぐちゅと音がするほど花びらを指で掻き混ぜる。掻き混ぜられれば掻き混ぜられるほど、蜜がとめどなく溢れて秘唇全体がぬるぬるに潤った。

「あ……、だめ、ああ……」

レイナルドの指が膨れた花芽も捉えて、くにゅくにゅと左右に転がし始める。

例えようのない甘美な熱が湧き、フェリシアは堪らず腰をくねらせ、息を熱く荒く乱れさせる。

「はぁっ……、ああ、あ……んっ」

「ふ、フェリシアの真珠は小さいのに、一生懸命膨れて可愛い形をする。ここも意地っ張りだな」

「やぁっ、そんなことな……、んっ、恥ずかしいからぁ……」

「本当のことだから、どうしようもない」

レイナルドがつんつんと指先で刺激すると、切ない吐息が鼻から抜けるように零れ出る。触れられたところから痺れるように愉悦がせり上がってくる。フェリシアはその感覚に身を甘く震わせて酔いしれた。

男らしく太い指が、宝物を愛でるように真珠を甘く捏ねる。そうされるたびにぞわぞわして、フェリシアは堪らずに、ふ、ふ、とそれを逃がすように息を吐く。

その吐息に気が付いたレイナルドが片眉をあげた。

「フェリシア、快楽を逃すな。もっと感じさせたい。もう何処にも逃げられないように私に溺れてしまえ」

「ひぁっ……」

レイナルドがいきなりフェリシアを抱き上げてベッドに運ぶ。とさっと真っ白なリネンとジャスミンの花の上に横たえられた。

濃厚で甘いジャスミンの香りが漂い、フェリシアは束の間うっとりと瞳を閉じる。気を抜いた瞬間、太腿を大きく左右に開かれ、レイナルドの舌がちゅと秘所に触れてきた。

「ふぁぁっ……ん」

太腿は優しく摑まれているだけなのに、素直にレイナルドに秘めやかな場所を捧げるように押し開かれている。

レイナルドの舌が生き物のように秘裂を割り、ぴちゃぴちゃと水音を立てながら、敏感な花びらを舐め蕩かす。

——夢みたい。

神話に出てくる男神のごとき逞しい肢体をしたレイナルドが、自分の秘園に顔を埋めている。その言葉に誰もがひれ伏す神聖な口で淫猥に愛撫されると、まるで神に罪深いほど愛撫されているように思えて、ぞくっとした。

「綺麗だ……そなたの全てが愛おしい」

レイナルドが両の太腿に口づけを散らしながら、秘玉を口に含み入れた。

熱い咥内に包まれ、ジュクジュクとしゃぶられている。

フェリシアは堪らずに啜り泣きとも涙声ともつかないような声で恍惚に喘ぐ。

「ふぁあっ……、だめ、ああ、そこ……っ」

「可愛らしい……、口の中でひくひくしている」

剝き出しの淫芽をしゃぶられると途方もないほど気持ちがいい。時折、唇で食みながら、ちゅ、ちゅと軽く吸われる。

そのたびに強い刺激が駆け抜けて、腰がびくんびくんと浮きあがる。

「やぁ、いっちゃ……、ひぃん……」

いやいやとかぶりを振るも、何度も意識が高みに飛ばされる。

レイナルドは執拗に花芽を咥内で舐め蕩かした。彼の前戯はとどまることを知らない。充溢して硬く膨れ凝《しこ》る淫核をコリコリと左右に捏ねて舌で揶揄ったり、軽く甘噛みしたか思えば執拗なまでにちゅくちゅくと吸いあげる。

圧倒的な快楽の波に呑み込まれ、フェリシアはまともに息を継ぐこともできずにその肢体を悦びに打ち震えさせた。

敏感になった肉粒を弄ばれるたびに、蜜口の奥が疼いてやるせない。

堪らずにシーツをわし摑み、足を閉じようとした。けれども、いちど開かれた貝の蓋が元に戻らないのと同じだった。

これ以上開かない所まで開脚させられた脚は、まったく力が入らない。無防備に晒された秘玉は、閉じるどころか剝き出しにされたまま、レイナルドに存分に貪られている。

頭が、身体がじんじんしてもう何も考えられない。

恥ずかしいという羞恥などどこかに飛び、感じたことのない強烈な愉悦がぞわぞわと漣《さざなみ》のように足元からせり上がる。

フェリシアは身体を震わせながら啜り啼き、喉から甘い声を漏らした。

それがレイナルドの雄欲を煽っていることなど知る由もない。

レイナルドは雄の獣が極上の獲物を貪る時のように、フェリシアが甘く啼く度に、喉を鳴らして蜜を啜っている。

舌や唇を駆使して敏感な尖りを揺すられ、今までにないほどちゅうっときつく吸い上げられた。

刹那、生まれて初めて、恍惚の垣根を超えるほどの快楽を放出させた。

「ひぁ、あぁッ――……ん」

まさに天国の扉を開けてしまったように感じる。

レイナルドと二人、本当に愛し合った者同士が開けられる扉だった。

どうやら蜜を盛大に吹き零してしまったらしく、寝台がびっしょりと濡れている。

顔をあげたレイナルドの髪にも滴っていた。

「あ……、わたし、わたし……、ごめんなさい……」

「なぜ謝る？　そなたが蜜を吹き零すほど感じてくれて嬉しいよ」

レイナルドが極上の笑みを浮かべて、力の入らないフェリシアを抱き上げた。

「あ……」

「だが、フェリシアが冷えてしまうな。続きは風呂でしようか。その間にシーツを替えさせる」

壁から下がる鈴の紐を引きちりんと鳴らしてから、レイナルドがフェリシアをサンルームにあるバスタブに連れて行く。

ふたり一緒にたっぷりのお湯に浸かると、まるで天国にいるようだった。ジャスミンが湯で煽られて、ここでも濃厚な香りが漂い絶頂の余韻でくたくたになった肢体を癒してくれる。

「フェリシア、ああ、そなたが戻ってきて嬉しい……。もう絶対に離さない」

背後からフェリシアのうなじにちゅ、ちゅと口づけをおとす。ときおり肌をきつく吸いあげ、フェリシアが自分のものだという痕を残している。

まるで大型犬に懐かれているようで擽ったい。

するとヴェールの向こうの寝室からさわさわと衣ずれの音が聞こえてきた。

新しい女官たちが、二人が睦みあったベッドのリネンを取り替えているらしい。

ぽっと顔に赤みがさす。

思い切り乱れてしまった自分が恥ずかしい……。

「ふ、シア、いいことを思いついた」

ちゃぽんちゃぽんと水音を響かせて、レイナルドが立ち上がる。

「フェリシア、向こうの縁《へり》に手をついて可愛い尻をこっちに向けてごらん」

耳元で囁かれどきっとする。

透けてはいないが、薄いカーテン一枚隔てた先には女官たちがいるというのに、何をするつもりなのだろう。

「もう挿れたくて限界なんだよ。ほら、手をここに。尻はこっち」

「ひゃ……、レイナルド、だめ……んっ」

「大きな声を出すと、厭らしいことをしていると気づかれてしまうよ」

猫脚のバスタブの縁に手を突かされて、お腹をぐいっと引かれれば後ろから覆いかぶさるレイナルドに、尻を擦り付けるような格好になる。

これではまるで、自分からお強請りをしているみたいではないか。

「いい子だ……、そのままじっとしているんだよ」

「な、なにをするの……?」

「ふ、なにをってフェリシアと繋がりたいだけだよ」

低い声なのに、サンルームの中は音が響く。

寝室にいる女官にも声が届いてしまうのではないか……。

フェリシアが耳を赤くすると、尻肉をそっと開かれる。

「可愛い花が咲いている。ずっと白鳥宮で寂しい思いをさせてすまない」

「そんな……、こと。レイナルドは手紙を何度もくれたのに、わたしが素直じゃなかったから……」

「いや、こんなに可愛い花を愛でずにないがしろにした私に非がある」

レイナルドに開かれた秘所は、ひくひくと蜜口が戦慄き、お湯ではないとろりとした蜜が太腿に垂れてしまっている。

「ああ、私の花はこんなに蜜を溢れさせてヒクついている。フェリシアも待ち遠しかっただろう」

「やっ……ァ……」

滾った雄の塊がぬるっと淫唇に押しあてられた。ぬめった割れ目を解すように亀頭を差し入れられ、ぐりぐりと前後させる。

絶頂を極めたばかりの敏感な陰部を、逞しい肉棒の尖塔で擦られてはたまったものではない。

媚肉を摩擦されて淫らな水音が立ち上る。長大な質量のあるものが、フェリシアの花弁の間を前後するたび、えもいわれぬ愉悦が溢れて、尻がひとりでに快感を得て揺れ動く。

「んっ……、れい、なるど……、んっ、だめ、女官に……気づかれ……ちゃう……」

「フェリシアが声を出さなければ大丈夫だ。ヴェールはちゃんと下りている」

耳元でひそひそと囁くレイナルドの声が艶めいていて、さらにゾクゾクする。

声では気づかれなくても、こちらの方が明るいから、二人の姿がシルエットになって映っているのではないかと不安になる。

それなのにレイナルドは相変わらず気にも留めていない。逆にフェリシアが恥ずかしがっているのを楽しんでいるようだ。

「見えているかもしれないと思って感じてる？　蜜がさっきよりたくさん零れてさらにぬるぬるしてきたよ。このまま擦っているうちに、するっと中に挿入《はい》ってしまいそうだな」

レイナルドがひたりと蜜壺に先端をあてがう。すると、早くのみ込みたくてしようがないように蜜口がヒクつき始めて、どうしようもない羞恥に身を焦がす。

レイナルドの雄幹も火箸のように熱い。

フェリシアの身体はレイナルドを欲して昂り、尻を突き出したまま雄茎を中に捕らえようとする。

「その姿、堪らない……。ジャスミンの花にたゆたう蝶を捕まえた気分になる」

実際に捕らえて逃がさないように、フェリシアの蜜口に楔の矢尻を呑み込ませる。

「私の楔で永遠にどこにも逃げないよう留め置こう」

ぐぷりと蜜液が弾けて、その奥へと大きな塊が沈み込んでいく。

「ひぁ、あぁあっ……っ」

さらにぐぷぷ――と卑猥な音がして、レイナルドの大きな亀頭を括れまで咥えこまされた。抉じ開けられた蜜口は、嬉しそうにきゅっとレイナルドを締め付けている。

「ようやく、仮初のニーナではなく、フェリシアと繋がれたな」

フェリシアもこくこくと頷いた。

フェリシアとしてレイナルドと繋がるのはもう五年ぶりになる。白鳥宮ではもう二度とレイナルドに会えないと思っていた。彼が自分の頑なな心を蕩かしてくれたのだ。

ようやく時計のねじが巻き戻り、フェリシアとして再び、レイナルドと新たな時を刻むことが出来ている。

「すぐにも逬らせたいが、なんだかもったいない気がするな。ゆっくりそなたを堪能しよう」

レイナルドが悪戯っぽく双眸を煌めかせ、にやりと口角を上げた。

気が付くと目の前の壁には大きな鏡が嵌めこまれていた。逞しく美しいレイナルドの肢体が背後に映し出され、引き締まった腰がフェリシアの尻の奥へと突き進んでいく。

尻肉を両手で掴み、上半身を僅かに逸らせたまま腰をぬぷぬぷと突きはじめる。

自身の大きさに馴染ませるように、先端の塊を呑み込ませては鈴口まで引き出すのを繰り返す。

くぷんくぷんといやらしく立つ蜜音がフェリシアの耳に響き、なんとも聞くに堪えがたい。

こんなにはしたない音が立っては、きっと女官らがいる寝室にまで響いてしまっているのではないかと思うと、羞恥のあまり目尻に涙が溢れてくる。

それなのに、レイナルドとの交合にどうしようもなく感じてしまう。

もっと奥を突いてほしい。

なのにレイナルドは、入口を浅く突いたり掻き混ぜたりしているだけだ。奥までたっぷりと解してほしくて、フェリシアは堪らずに甘えるように啜り泣く。

「んっ……、あっ、ふぁっ……、やぁ、もっと……」

「もっとどこだ？　ん？」

——そんなの言えるはずがない。

フェリシアはバスタブの縁にしがみ付きながら、背をしならせて欲望に耐える。レイナルドは太茎を回すように挿《い》れながら、くぽくぽと入口だけを執拗に掻き混ぜた。まるで待てをされた犬が涎を垂らすように、蜜がはしたなく湯面に滴り落ちる。なにも咥えこんでいない蜜屈の奥が物欲しげにきゅんと収斂して、ずきずきするほどだ。

息も絶え絶えになったころ、レイナルドがフェリシアの顎をくいっと振り向かせ、熱い口づけを与えてきた。ねっとりと唇を触れ合わせてから、また熱く幾たびも唇を折り重ねる。

「ふぁぁ……」

「ふ……、そなたがどんな姿をしていようと、すぐに分かる。なぜなら、この極上の味は変わらない」

レイナルドが舌を延ばして唾液を絡めながら、フェリシアの蛭内を我が物のように蹂躙する。

後ろで繋がったままの口づけに思考も蕩けそうになる。

甘美の喘ぎが生まれては、レイナルドの口の中に吸い込まれるように消えていく。

「ん……、フェリシア、奥に欲しいか？」

口づけを堪能しながら、意地悪く浅瀬で亀頭を泳がせている。

フェリシアは身悶えながらも羞恥を感じて首を横に振る。本音を言えばもっと奥をたっぷり突いて乱れさせてほしい。でも厭らしく自分から強請るのは、あさましい気がした。

するとレイナルドは呆れた声をあげた。

「そなたは本当に意地っ張りだな。そうやって風呂の縁にしがみついて、欲望をこらえているのも堪らなく可愛い。だが、フェリシア。お互いに素直に言葉に表すことも大事だ。私はもうそなたの奥深くに挿れたくてたまらない。フェリシアはどうだ？」

入口まで引き出した亀頭がクプンっと蜜口に沈み込む。フェリシアが鏡を見上げると、レイナルドの情欲に満ちた青い瞳がじっとこちらを見つめている。

腰の奥から焦れた熱と疼きが沸き上がり、もうこれ以上、抑えていることなどできなかった。

蜜屈は快楽を欲してひくひくと収斂を繰り返し、レイナルドの熱いものを求めていた。

「わたしも……っ、レイナルドが欲しい……。もっと奥をいっぱい、突いて……」

「――っ、私をただの男にするのはそなただけだ……」

淫道を埋めていくレイナルドの猛々しい怒張に圧迫される。まるでさっきまでのはお遊びといわんばかりに、背後から猛然と覆いかぶさってきた。

反り立った肉棒でズンっと奥まで突き上げられる。

「ひぁ……、すごいっ、ああん……ッ」

反動で湯がじゃばんと零れ、フェリシアの蜜洞がぎっちりと隙間なく埋め尽くされた。太長い肉幹が腹の中を一瞬で熱くさせ、あっという間に絶頂へと駆け上がる。

脳芯にまで快楽の渦が巻き、フェリシアはなんとかバスタブの縁に掴まったまま、桃尻をヒクつかせた。

レイナルドの肉槍が何度も突き入れられ、そのたびに雄の尖りを奥深くへと擦りつけられる。

湯面は嵐の海のようにじゃぱじゃぱと波立ち、快楽で荒れ狂うフェリシアの心のようだ。

レイナルドは長い竿をずるりと鈴口まで抜いてから、再び蕩けた隘路にずぷんと勢いよく沈み込ませる。エラの張った亀頭で子宮口を深く貫かれると、サンルームを満たす甘い声が喉から迸って止まらない。

「やぁ……、んっ、ふぁっ、奥ばっかり……、んっ、だめぇ……っ」

「ふ、我儘な姫だ。奥が欲しかったくせに」

ぷりっとした尻をペチンと優しく叩いてから、烈火のごとく熱棒で奥を掻き混ぜられた。

太く固く滾る雄がぐりぐりと奥底の子宮口を抉り、フェリシアを身悶えさせる。

「そなたの中が熱くて蕩けていて……、堪らない」

レイナルドは荒く乱れた息を零しながら、休みなく肉棒を打ち込み何度も蜜壁を擦り上げていく。

ぱんぱんと腰と肌が密着する打擲音が響き、突き上げられる度に悦楽が生まれてくる。

レイナルドの律動は、これでもかと留まることをしらずに快楽の坩堝へと誘《いざな》っていく。

「ふ……、ァんっ、んっ、レイナルドっ……」

「くっ……、そんなに締め付けるな……っ」

レイナルドがフェリシアの胸を鷲摑み、指が埋まるほど荒々しく揉みしだく。同時にうなじや耳朶を獣じみた荒い息とともに舌で嬲られ、背筋をぞくぞくと震わせてしまう。

いつしか胸を揉みしだいていた手が腹にすべりおり、フェリシアの秘部に触れた。

指先を割れ目に滑りこませ、触れただけで感じるように躾けられた秘玉にいやらしく絡みつく。

くちゅくちゅと弄られ、フェリシアはびくびくと腰を跳ねさせた。敏感になった身体は、どこに触れられても快楽で溶けてしまいそうになる。

「中と外からされるのは、気にいったか？」

レイナルドの筋肉質な胸板がぴったりと背中に密着する。

鏡に映し出された姿は、自分とは思えないほど淫らな痴態を晒していた。

瞳を欲望に潤ませ、背を弓なりにしならせ男に尻を突き出している。

淫らに腰を躍らせ喘いでいるのが紛れもない自分の姿だと認識した途端、レイナルドを呑み込んでいた蜜壺がきゅうと締まる。

楔の形をありありと感じてしまい、フェリシアの柔らかな肢体が圧倒的な快楽にくねり波打った。

「――っ、いい子だ。もっともっと、素直に乱れてごらん」

片手でぴんと尖った乳首を責め立てられ、もう一つの手は秘園に沈んでぬるんと花芽を可愛がる。

それだけでも気持ちが良すぎるのに、さらに後ろから逞しく固い雄茎で蜜壁を擦られては、ひとたまりもない。

「――……ぁ、だめ、んぁあっ、――……ッ」

身体が熱く沸騰する。

腰骨がじんと痺れ、全てが熔けるほどの忘我の極みが襲い来る。

目の前が真っ白に染まり、許容量を超える快楽に呑み込まれ、絶頂の彼方に飛ばされた。

いまだかつて、見たこともない楽園の中に。

「ふ、全てがとろとろで柔らかくなった」

まだ恍惚の真っただ中でヒクヒクと身体が小刻みに戦慄いている。

レイナルドは休むことを許さないように、後ろから太くて硬い雄に一気に突き上げた。

子宮口が下りてきたのか、その中にまでレイナルドの切っ先がずぷっと沈み込む。

「はぁぅっ……ん」

めくるめく法悦が身体中を駆け巡っている。

手足から力が抜けそうになり、バスタブを摑んでいた指もとうとう滑り落ちそうになる。

すんでの所でレイナルドの大きな手が、フェリシアの小さな手を握りしめるように覆いかぶさってきた。

「——く、シアっ……」

今までは悪戯にフェリシアの快楽を煽っていたレイナルドが、己の吐精を促すように律動を激しく刻んでくる。大きく腰を揮い、自身の重みでずちゅっずちゅと奥深くに突き立てた。容赦なくフェリシアを揺さぶり、淫らに交わる。

「あ……、んっ、深いっ」

「……っく、奥に引き込まれる。だがもっと深くそなたを満たしたい」

レイナルドはいったん肉茎を引き抜くと、今度は極みに向かって大胆に腰を前後させて長い肉竿を存分に擦り上げていく。

長い刀身で余すところなく掻き回されすぎて、微塵も力が入らない。バスタブを握る手もレイナルドが上から握りしめてくれていなければ、とっくに湯の中に沈んで溺れてしまっているだろう。

もう何度目か分からない絶頂に息を喘がせていたとき、レイナルドの動きがぴたりと止まる。

「――っ、くっ……シア……ッ」

くぐもった唸り声をあげ、フェリシアのうなじに顔を埋めながら、腰をびく、びくと震わせた。

雄幹がフェリシアの中で嘶《いなな》き、白濁がどくりとフェリシアの子宮に注がれていく。

「ふぁ……、ァ……ああっ……」

腹の奥が熱い。

迸る熱液を感じ幸せに打ち浸る。

汗ばんだ身体も、耳に響く呻き声も、レイナルドの全てが堪らなく愛おしい……。

一滴も漏らさず下腹に沁みわたるような長い吐精を受け、フェリシアは恍惚の海に揺《たゆ》蕩《た》った。

身体の中で脈打つレイナルドの芯を感じながら、ただ押し寄せる喜悦の波に任せて忘我の極みへと流されていく。

フェリシアはなぜか自分の奥で新しい命が芽生えたような、そんな不思議な幸せの予感に包まれていた。

エピローグ　二人の愛のカタチ

フェリシアとして無事に王城に戻ってからはや二月《ふたつき》が過ぎた。

今日は快晴で、抜けるような蒼さが広がり、早朝から祝砲が打ち鳴らされていた。

なんと王妃であるフェリシアが懐妊したからだ。

王城の塔の上には、国王と王妃の旗のほかに、もう一つ、小さな旗が風に揺らめいている。

城内の広場には、早くからローデンヴェイクの国民が集まって賑やかだ。王宮から祝いの酒が振る舞われ、紋章入りの慶賀の菓子がもれなく配られるからだ。

「我が奥方、支度はできたか？」

レイナルドが寝室に入ってきたとき、フェリシアは部屋の片隅に置いてあった仮面を手に取っていた。

「あなたがユーグとして迎えに来てくれなかったら、きっと私は今も白鳥宮に引き籠ったまま、自分の不幸せを嘆いていたわ。自分で招いたことなのに……」

レイナルドが近づいてフェリシアの背後から暖かく包み込むように抱きしめる。

「そんなことはない。なぜなら、君がいないと私は生きていけない。君が心を解いてくれるまで、何度でも君の足元にひれ伏して愛を乞うただろう……」

フェリシアがレイナルドを仰ぎ見ようとすると、顎を捉えられ深い口づけを与えられた。

レイナルドの想いが唇の温もりを通してフェリシアの心に沁み込んでくる。

その想いを余すことなく享受するように、求められるまま舌を絡ませ口づけに浸る。

夫を信じない妻を打ち捨てるのは、易いことだっただろう。

それなのにレイナルドは諦めずに、意地っ張りな自分から素直さを引き出してくれた。

相手を拒絶するのではなく、心を晒して魂を触れ合わせることを教えてくれた。

レイナルドとの未来を諦め、絶望の淵にいたフェリシアを救い出してくれたのだ。

「お二人とも、民らがお出ましを今か今かと待ち構えていますよ。早くバルコニーへ」

開いた扉を背に片手でコンコンとノックし、宰相のブライラスが割り込んできた。

彼はあけすけだが、いつもレイナルドを陰ながら支えて助けてくれている。

「レイナルド陛下、本日は正装でのお出ましです。片掛けマントを忘れていますよ」

ブライラスがパチンと指を鳴らすと、侍従が盆にのせたマントを恭しく捧げ持ってきた。

レイナルドがそれを翻しながら纏うと、フェリシアはまるで夢を見ているのではないかと思うほど驚いた。

「レイナルド、そのマント……」

「ん。どうした？」

四年前にレイナルドの誕生日にプレゼントできずに、女官からザビーネに渡させてたしまったものだった。フェリシアがレイナルドへの想いを込めて刺繍したマント。だけど、フェリシアが施した刺繍を全て解いてザビーネが刺繍しなおすと言っていた。

それなのに、フェリシアが刺繍したままの状態でここにある。

「フェリシア様、陛下はあなたが白鳥宮に行かれた後、すぐに女官を問いただしてザビーネからこのマントを取り戻しました。この四年、公式行事には必ずこのマントを身に着けておりました。しかもフェリシア様が不在の時は、夜な夜なそのマントに顔を埋めていましたよ」

「ブライラス、余計なことを……」

レイナルドが気まずそうに舌打ちする。

よく見れば、着古して年月が過ぎたせいかへたくそな刺繍がさらにところどころ解《ほつ》れている。

「それにこちらもどうぞ。実は質屋に入れられていたのを陛下が王都中、血眼になって探し出したものです」

フェリシアに手渡されたのは、レイナルドのためにお気に入りの首飾りをブローチに造り直したルビーの宝石だった。しかも装飾はフェリシアがデザインしたそのままの状態だ。

フェリシアは胸に嬉しさが込み上げ、熱い涙がとめどなく頬を伝い降りた。

「……レイナルド、大好き……ッ」

沸き上がる気持ちに任せるまま、レイナルドに抱きついてその胸に顔をぎゅっと埋める。温かく、いつもフェリシアを抱きとめてくれる広い胸。

もう二度とこの温もりを手放すことはない。

四年の歳月を埋めるような感情が溢れて、心を動かさずにはいられない。

「好き、好き……。愛してる」

「素直になったそなたは、さらに可愛いくて堪らない」

レイナルドがまた顔を掬い上げ、流れる嬉し涙を唇で吸い上げてから、たっぷりと濃厚な口づけをくれる。水音が心地よく耳に響いて、フェリシアはさらにレイナルドに唇を押し付けた。

「――あの、ほんとに民たちが待っているので。聞こえるでしょう？」

フェリシアはブライラスの急かす言葉に耳をそばだてた。

バルコニーからはレイナルド国王！　フェリシア王妃！　という歓声が聞こえてくる。

「我が妃フェリシア、私はそなたの虜だ。もう離さないでくれ」

レイナルドがフェリシアの黄昏時の髪をひと房掬い、いつものように甘く口づけた。

フェリシアがいなくなってからは冷酷さを増していたレイナルドの豹変ぶりに、侍従や女官、迎えの近衛騎士たちも目をぱちくりしている。

「さあ、行こうか？」

フェリシアは、レイナルドが差し出した手を取りしっかりと握りしめる。

赤ちゃんが生まれれば、時には互いにぶつかりすれ違うこともあるだろう。それでも素直に心を曝《さら》け出して、少しずつ歩み寄っていけばいい。

大好きなレイナルドがいないと、私の心にはぽっかりと穴が開く。

この世界に幾千も輝く星の欠片《かけら》。

だけど私の心にぴったりと嵌まるのはレイナルドだけなのだから。

「はい、これからもずっと、ずっとあなたと共に」

レイナルドが破顔してフェリシアの身体を抱き上げくるりと舞う。

「ああ……。フェリシア、愛してる。そなたは私の唯一無二だ」

「きゃぁっ……」

フェリシアはうれし涙を流しながら振り落とされないよう逞しい首に手を回した。

ブライラスをはじめ近衛や召使いらが、呆れながらくるくると回る二人を見つめている。それでも二人は喜びの中で今、再び共にいる幸せを噛みしめた。

フェリシアはレイナルドの唇へと、砂糖よりも甘い、甘い口づけを返すのだった――。

ＦＩＮ

あとがき

こんにちは、月乃ひかりです。このたびは本作をお手に取って下さりありがとうございます。

今回は、私の住む北海道と同じく北国が舞台なので、レイナルドとユーグの冬っぽい衣裳を色々思い描きながら書きました。

物語に出てくる肩掛けマントは「ペリース」というもので、主に軍人さんが身に纏っているのですが、めちゃめちゃデザインがかっこいいんです！気になった方は、ぜひ「ペリース」で検索して頂ければ！

また騎士のユーグは黒い衣装に仮面をつけております。黒い衣装の騎士って謎めいていて素敵ですよね。

フェリシアが五年も引き籠り痺れをきらしたレイナルドがどうよりを戻すのか、楽しんでいただければ幸いです。

レイナルドの絶倫ぶりも頑張りましたので、思い切り堪能して下さいますように。

今作は細氷（ダイヤモンドダスト）をイメージした麗しい表紙を石田恵美先生が飾って

くださいました。いつもながらその煌びやかさにため息が出ます。

石田先生とは初めて「軍神王の秘巫女【超】絶倫な王の夜伽は激しすぎます！」でエロティックな表紙を描いて下さり、次作をなんとセクシーなお尻丸見えの蛮族ヒーローを描いて頂きました。

前回は南の島が舞台でしたが、今回は北国で雪をイメージした真っ白なマントを身に着けた華やかすぎるヒーローです！

石田先生のさすがのクオリティに目が釘付けになりました♡

ぜひぜひ、貴重なキャラデザもどうぞじっくりとご覧くださいませ。お忙しい中、いつも全力で描いて下さり素晴らしい世界観を表現してくださった石田先生には心からの愛と感謝をお送りいたします。

また、たくさんの皆様のお力添えでムーンドロップス様では今回で四作目を刊行させていただきました。

これも応援してくださった皆様のおかげです。本当にありがとうございます。

いつもお世話になっております編集者様、引っ越しと校正が被ってご迷惑をおかけいたしました。いつもキレキレのご指摘に自分の至らなさを痛感したします。

次回はもっと精進できるように頑張ります！

そして最後までお読みくださった読者様、月乃作品をお手に取ってくださりありがとうございます。

途中、主人公の二人に困難があっても、結末は「ハッピーエバーアフター」をモットーに書いております。

最後は読者様も幸せな気持ちになれるような物語を意識して、これからも頑張りますので応援頂けますと嬉しいです。

それでは、いつかまたどこかできっと。

月乃ひかり

レイナルド
←ブーツ
はいたり
マント 短いバージョン

フェリシア

天ヶ森雀

魔王の娘と白鳥の騎士　罠にかけるつもりが食べられちゃいました

気高き花嫁は白銀王の腕で愛欲に震える

当麻咲来

王立魔法図書館の［錠前］に転職することになりまして

王立魔法図書館の［錠前］は淫らな儀式に啼かされて

失神するほど愛されて　悪魔は聖姫を夜ごと悦楽に堕とす

兎山もなか

異世界で愛され姫になったら現実が変わりはじめました。

吹雪歌音

舞姫に転生したＯＬは砂漠の王に貪り愛される

葉月クロル

異世界の恋人はスライム王子の触手で溺愛される

異世界婚活！アラサーOLは美形魔導士に深く激しく求められる

日車メレ

墓守公爵と契約花嫁　ご先祖様、寝室は立ち入り厳禁です！

女魔王ですが、生贄はせめてイケメンにしてください

真宮奏

狐姫の身代わり婚 ～初恋王子はとんだケダモノ!?～

まるぶち銀河

ひねくれ魔術師は今日もデレない 愛欲の呪いをかけられて

御影りさ

ヤンデレ系乙女ゲームの悪役令嬢に転生したので、推しを監禁しています。

少年魔王と夜の魔王　嫁き遅れ皇女は二人の夫を全力で愛す

次期国王の決め手は繁殖力だそうです

椋本梨戸

怖がりの新妻は竜王に、永く優しく愛されました。

怜美

身替り令嬢は、背徳の媚薬で初恋の君を寝取る

〈ムーンドロップス〉好評既刊発売中！

青砥あか

29歳独身レディが、年下軍人から結婚をゴリ押しされて困ってます。
愛玩調教 過保護すぎる飼い主の淫靡な企み
下賜された悪徳王女は、裏切りの騎士に溺愛される

イシクロ

偽りの吸血姫が本物になるまで　身代わり処女は甘い楔に啼く

踊る毒林檎

喪女と魔獣　呪いを解くならケモノと性交!?

臣桜

皇帝陛下は呪われた聖女の母性に溺れる

かほり

魔界の貴公子と宮廷魔術師は、真紅の姫君を奪い合う
～私のために戦うのはやめて!!

君想ロミヲ

騎士団長は処女魔王を絶頂に染める

葛餅

数学女子が転生したら、次期公爵に愛され過ぎてピンチです！

このはなさくや

異世界の酒場で運命の男が待っていました ぬるいエールを魔法で冷やして

白花かなで

復讐の処女は獣人王の愛に捕らわれる

竹輪

異世界から来た賢者様はお嫁様をさがしている

月乃ひかり

蒼き海の秘ごと～蛮族の王は攫われ姫の甘い海に沈む
宮廷女医の甘美な治療で皇帝陛下は奮い勃つ
軍神王の秘巫女【超】絶倫な王の夜伽は激しすぎます！

兎山もなか

【お詫び】みんなの王子様の童貞は私が美味しくいただきました。
才川夫妻の恋愛事情 9年目の愛妻家と赤ちゃん
君が何度も××するから　ふしだらなスーツと眼鏡、時々エッチな夢
才川夫妻の恋愛事情　8年目の溺愛と子作り宣言
黙って私を抱きなさい！ 年上眼鏡秘書は純情女社長を大事にしすぎている
才川夫妻の恋愛事情～7年じっくり調教されました～
イケメン兄弟から迫られていますがなんら問題ありません。
編集さん（←元カノ）に謀られまして　禁欲作家の恋と欲望
清く正しくいやらしく　まじめOLのビッチ宣言

鳴海澪

俺様御曹司に愛されすぎ　干物なリケジョが潤って⁉
溺愛コンチェルト　御曹司は花嫁を束縛する
赤い靴のシンデレラ　身代わり花嫁の恋

葉月クロル

成約率100%の婚活アドバイザーに〝すべて〟教えられてしまいました
拾った地味メガネ男子はハイスペック王子！ いきなり結婚ってマジですか？

ひらび久美

辛口な上司ですが、プライベートは極甘です。ただし、私、限定で！
フォンダンショコラ男子は甘く蕩ける
恋愛遺伝子欠乏症 特効薬は御曹司⁉

御子柴くれは

濃く、甘く熟して 復讐に燃える乙女は禁断の愛に囚われる
セレブ社長と偽装結婚　箱入り姫は甘く疼いて⁉

水城のあ

禁断の誘惑に逆らえませんでした　俺様彼氏のイケナイ教え
S系厨房男子に餌付け調教されました
露天風呂で初恋の幼なじみと再会して、求婚されちゃいました‼
あなたのシンデレラ　若社長の強引なエスコート

御堂志生

愛を待つ桜　エリート弁護士、偽りの結婚と秘密の息子
欲望の視線　冷酷な御曹司は姫の純潔を瞳で奪う
エリート弁護士は不機嫌に溺愛する～解約不可の服従契約～
償いは蜜の味　S系パイロットの淫らなおしおき
年下王子に甘い服従　Ｔｏｋｙｏ王子

連城寺のあ

私を（身も心も）捕まえたのは史上最強の悪魔Dr.でした
同級生がヘンタイDr.になっていました

★著者・イラストレーターへのファンレターやプレゼントにつきまして★
著者・イラストレーターへのファンレターやプレゼントは、下記の住所にお送りください。いただいたお手紙やプレゼントは、できるだけ早く著作者にお送りしておりますが、状況によって時間が掛かる場合があります。生ものや賞味期限の短い食べ物をご送付いただきますとお届けできない場合がございますので、何卒ご理解ください。
送り先
〒160-0004　東京都新宿区四谷 3-14-1　UUR 四谷三丁目ビル２階
(株) パブリッシングリンク
ムーンドロップス 編集部
○○（著者・イラストレーターのお名前）様

冷酷王は引き籠り王妃に愛を乞う
失くした心が蘇る恋の秘薬

２０２１年１２月１７日　初版第一刷発行

著……月乃ひかり
画……石田惠美
編集……株式会社パブリッシングリンク
ブックデザイン……モンマ蚕
（ムシカゴグラフィクス）
本文ＤＴＰ……ＩＤＲ

発行人……後藤明信
発行……株式会社竹書房
〒102-0075　東京都千代田区三番町８－１
三番町東急ビル６Ｆ
email：info@takeshobo.co.jp
http://www.takeshobo.co.jp
印刷・製本……中央精版印刷株式会社